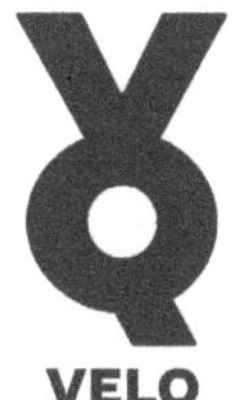
VELO

Lektorat und Korrektorat: Barbara Häusler
Umschlaggestaltung: pingundpong Gestaltungsbüro
Satz: Fred Uhde
Druck und Bindung: BALTO print, Vilnius

ISBN 978-3-86391-401-1

www.voland-quist.de

MURMEL CLAUSEN

LEMING

ROMAN

VELO

Für alle, die von uns gegangen sind.

1

Reinhold hatte nicht nur einen Scheißnamen, sondern auch einen tiefergelegten Audi A3. Der Vorbesitzer hatte damit angeblich bei einem Tuning-Treffen in Oschersleben einen Benzingutschein über hundert Euro gewonnen, was ich aber nicht glaubte, weil ich die lilafarbene Karre mit Regenbogeneffekt echt hässlich fand. Reinhold war achtzehn, ich zwei Jahre jünger, und wir wollten zum Plattensee fahren. Mit Verena. Die war so alt wie ich, und ihr Opa hatte da unten eine Datscha. Vor einigen Wochen kam von ihr der Vorschlag, dass wir uns dort gemeinsam das Leben nehmen könnten. Reinhold hatte sofort begeistert zugesagt. Und ich dann auch. Ich hatte ja keine andere Wahl. Irgendwer musste die beiden doch retten.

Kennengelernt haben wir uns alle im Internet, in so einem Ritzerforum, wo es aber nicht nur ums Ritzen ging, sondern auch mehr so allgemein um Tod, Ängste, Schule und Stress zuhause und so. Ich war darauf gestoßen, weil ich gegoogelt hatte, wie man sich am besten die Pulsadern aufschneidet, und mich sofort mit dem Pseudonym *ajlok* angemeldet, also meinem Realnamen in rückwärts. Mehr aus Neugierde als dass ich es wirklich machen wollte. Und irgendwie hat mich das Forum fasziniert. Weil die haben schon teilweise krasse Geschichten erzählt, so mit Alki-Eltern oder Drogen und Gewalt und noch viel schlimmeren Sachen. Ich hab sofort verstanden, dass bei denen innerlich was total kaputt gegangen war. Aber auch, dass die finale Entscheidung über Leben und Tod noch nicht gefallen war. Sie meldeten sich an, um sich unter Gleichaltrigen auszutauschen, statt von Erwachsenen beurteilt, abgestempelt und kategorisiert zu werden. Denn genau das trieb einen großen Teil der Leute überhaupt erst ins Forum. Und dann gab es sicher eine hohe Anzahl von Typen wie mich. Unglückliche und Unverstandene, die damit kokettierten, keinen Ausweg mehr zu sehen, um hier Anschluss zu finden. Abgerundet wurde der ganze Emozirkus durch die *Eintagsfliegen*. So nannten wir alle, die nicht klarkamen, weil sie sich zu dick fanden, es aber gar nicht waren, Liebeskummer oder schlechte Noten hatten und deswegen austickten. Die verabschiedeten sich in der Regel nach ein, zwei Beiträgen wieder in ihr normales Leben, statt wie groß angekündigt in den Tod.

Jetzt stand ich, wie über WhatsApp verabredet, auf dem Parkplatz vom McDonald's beim Nordwestkreuz Frankfurt und wartete. Es war kurz vor halb zehn und schon viel zu warm, bestimmt achtundzwanzig Grad. Mein Puls war dazu auch noch hoch. Klar, ich war nervös. Ich wusste nicht mal, wie Reinhold aussah. Er hatte sich als knautschig und haarlos beschrieben, bisschen wie Otto aus Captain Future. Das hatte ich googeln müssen und war danach auch nicht viel schlauer. Erkennen würde ich ihn also am Auto. Davon hatte er immer wieder Fotos ins Forum gestellt und jeden gesperrt, der sich darüber lustig gemacht hat.

Um mich herum hüpften ein paar Spatzen und stritten um die halben Pommes und Burgerkrümel der Drive-In-Kunden, die ihre Sachen auf dem Parkplatz fraßen und danach die Reste von den Sitzen aus dem Wagen wischten. Man musste wahrscheinlich ein eigenes Auto haben, um zu verstehen, warum die nicht wie normale Menschen an Tischen essen wollten.

Die Zeit schien fast stillzustehen, und ich ärgerte mich, keinen schattigeren Treffpunkt gewählt zu haben. Reinholds Zwei-Stunden-Prognose für die Fahrt von seinem Kaff in Thüringen bis hier war mir sofort suspekt gewesen. Ich wollte ihm gerade schreiben, dass ich mir beim toom nebenan was zu trinken hole, als ich die lilafarbene Bestie sah. Ihr Motor knurrte, die Sonne spiegelte sich in ihrer auf Hochglanz polierten Haut. Und ihre Augen begannen wie wild zu blitzen. Reinhold hatte wohl ein illegales Fernlicht-Stroboskop eingebaut. Völlig krank. Ich konnte mir direkt ausmalen, wie er damit über die Autobahn bretterte und die Leute vor sich aus der Spur flashte.

Auf dem Beifahrersitz Platz zu nehmen, war garantiert lebensgefährlich. Ich konnte förmlich einen lilafarbenen Haufen Schrott vorne auf der Bild-Zeitung sehen: *Jugendliche Todes-Raser – Inferno auf der Landstraße.*

Reinhold stellte den Wagen ab und stieg aus. Er trug ein schwarzes T-Shirt der Böhsen Onkelz, viel zu weite Jeans und ein Beanie. Sein Gesicht war tatsächlich knautschig und erinnerte mich an ein alt geborenes Baby, falls das Sinn macht. Und er grinste.

»Kolja! Alter, ich war nicht sicher, ob du echt kommen würdest«, sagte er.

»Ehrensache.«

»Und? Hab ich dir zu viel versprochen?«

Ich schwieg, da unklar war, ob er sein Aussehen oder das Auto meinte. Weil er wirkte total freundlich und irgendwie niedlich. Die Lilalebendfalle hingegen furchteinflößend und aggressiv. Da aber beides für ihn extrem eng miteinander verbunden sein musste, wegen Kompensation und so, schüttelte ich einfach nur versuchslächelnd den Kopf.

»Das Navi meinte, dass man drei Stunden für die Strecke braucht. Hab's in zweieinviertel geschafft.«

»Krass.«

»Pommes und Milchshake?«

Reinhold schaute zum goldenen M. Ich schüttelte wieder den Kopf. Ich hatte einmal in einer McD-Filiale beobachtet, wie die Hamburger gebastelt werden, und es einfach nur eklig gefunden. Klar, die Mitarbeiter tragen Handschuhe, grabbeln mit denen aber alles an: die Ketchup-Pistole, die kleine Schublade, in der die fertigen Patties vor sich hinschmoren, zwischendurch mal die eigene Nase. Reinhold hörte sich das alles an, hob die Schultern und sagte: »Dann kannst du ja hier warten und überlegen, ob wir Verena echt mitnehmen sollen. Die war seit acht Tagen nicht online.«

Das konnte Reinhold nur wissen, weil er der Admin von dem Suizid-Forum war. Er hatte es auf einer .ws-Domain geparkt, auf die unsere Behörden keinen Zugriff hatten. ws stand für West Samoa, ein kleiner Inselstaat im Südpazifik, dem Seelsorge für deutsche Teenager offensichtlich am Arsch vorbeiging.

Dass Ritzen in den meisten Fällen erstmal nur ein Schrei nach Aufmerksamkeit ist, muss ich niemandem erklären.

Es ist so 'ne Art Einstiegsdroge ins Selbstverletzen. Wäre es für mich auch gewesen, wenn ich mich getraut hätte. Aber ich war noch nie gut mit Schmerzen, und die Narben bleiben ein Leben lang, um daran zu erinnern, wie beschissen es einem in der Jugend ging. Für alle, die nicht nur da waren, um sich schnell wieder zu verabschieden, sobald der Liebeskummer vergessen oder die befürchtete Sechs in Mathe doch eine Drei war, gab es eine WhatsApp-Gruppe, von der die meisten nichts wussten. Und in die man nur reinkam, wenn einen Reinhold einlud.

Er hatte mir im Forum eine PN geschickt, als ich einen anderen User gedisst habe. Das war eigentlich nicht meine Art, weil ich den Leuten meistens aufbauende Nachrichten schrieb. Ihnen zuhörte und, ohne Übertreibung, manchmal sogar echt neuen Lebensmut vermitteln konnte. Ich war bisschen sowas wie das kleine Helferlein im Forum und hatte mir auch sehr viel Literatur zu dem Thema reingezogen.

Aber legolas2 hatte ich komplett falsch eingeschätzt. Das begann schon bei seinem Usernamen, der völlig bescheuert war, weil es keinen anderen legolas im Forum gab. Er hat eines Abends rumgeweint, dass der Bildschirm von seinem neuen iPhone kaputt ist und er sich jetzt die Pulsadern aufschneiden will. Fand ich extrem dünn als Grund für sowas. Deswegen wollte ich erstmal rausfinden, ob der nur da war, um abzunerven. Weil solche gab es auch manchmal. Trolle, die sich einzig und allein anmeldeten, um zu stressen und zu verarschen. Es gab sogar welche aus einem anderen Forum, wo es ebenfalls um Selbstmord und so ging, die regelmäßig versuchten, bei uns für Ärger zu sorgen, aber das jetzt alles zu erzählen, würde, glaube ich, langweilen. Auf jeden Fall waren wir immer auf der Hut, und ich war gerade der

Einzige online, als legolas2 losflennte. Er wolle gar nicht mehr leben, weil bei ihm alles dauernd schiefgeht und er nur Pech hat.

Ich hab ihn angechattet und geschrieben, dass andere genauso viel Pech haben und das nur eine Frage der Perspektive ist. Dass er sicher auch Glück hat, aber das nicht wahrnimmt, weil er so auf sein Unglück fokussiert ist. Das stimmte, das hatte ich gelesen. legolas2 blaffte sofort zurück, dass ich ihm nicht mit einem Dreck wie dem Lucky-Girl-Syndrom kommen soll. Das kannte ich natürlich. War so ein TikTok-Trend. Da behaupteten Influencerinnen, dass man jedes Unglück durch positive Gedanken wegdenken kann. Also antwortete ich, dass es nicht ganz so simpel sei, der prinzipielle Ansatz jedoch gar nicht so verkehrt. Klar, das mit dem Handy war scheiße. Aber am Ende des Tages auch nur ein Handy.

Zurück kam, dass ich ihn einfach in Ruhe lassen soll. So hatte noch keiner reagiert, mit dem ich in einer ähnlichen Situation geschrieben hatte. Warum schlug er die von mir so offensichtlich angebotene Hilfe also aus? Für mich stand fest: legolas2 wollte nur nerven. Meine nächste Nachricht lautete: »Schau, ich könnte es auch als Pech interpretieren, dass du Hirni hier reinkommst und so eine Scheiße redest. Ich wette, du hast nicht mal ein iPhone, du Troll.« Kann gut sein, dass sich da auch noch das ein oder andere obszöne Wort reingeschlichen hatte.

Das ging leider total nach hinten los, weil er hat dann einen Stream gestartet und sein iPhone gezeigt. Er erklärte, dass er ein Jahr für das Teil arbeiten musste, zweimal die Woche Zeitungen austragen und dann noch Einkaufen für die alten Nachbarn und so. Sein Zimmer war total klein, und da wusste ich sofort: Das wird jetzt 'ne richtige Shitshow.

Also ich so: »Sorry, sorry, sorry, ich dachte du trollst«, aber das dürfte er gar nicht mehr gelesen haben, weil er zeitgleich vor der Kamera ein Taschenmesser aufklappte und sich ohne zu zögern den rechten Arm aufschnitt. Ich hätte fast gekotzt, weil sehen will man das echt nicht. Zum Glück plärrte er aber so laut, dass seine Mutter reinkam. Sie sah ihren Sohn, den offenen Laptop, schrie ebenfalls auf und klappte den Computer zu. Am nächsten Tag wurde sein Account gelöscht. Keine Ahnung, was aus dem geworden ist.

Auf jeden Fall bekam ich von Reinhold eine Einladung zur WhatsApp-Gruppe Leming. Er sagte mir, dass ich alles andere einfach ignorieren und bitte niemanden mehr absnobben soll, weil man nie wisse, was in den Leuten abging. Entsprechend snobbte ich ihn nicht dafür ab, dass er im Gruppennamen ein M vergessen hatte. Ich fragte mich zudem, ob er meine Chatnachrichten an legolas2 gelesen hatte oder einfach davon ausging, dass ich ihn irgendwie getriggert hatte. Ich wusste schließlich nicht, wie weit er als Admin da Zugriff hatte. Auf meine Nachfrage antwortete er nur, dass er sehen kann, wer wann online ist. Und da er nicht auf die erste Nachricht einging, hakte ich die Sache ab.

Auf WhatsApp selbst ging es deutlich gechillter zur Sache, aber mit klaren Regeln: *Keine Ankündigungen. Keine Seelsorge. Kein Verrat.* Und so hart wie das mit *keine Seelsorge* für Außenstehende klingen muss – ich glaube, das hat vielen tatsächlich geholfen, weil sie zum einen mit ihren Gedanken nicht mehr allein waren, auf der anderen Seite aber nicht dauernd falsche Versprechungen wie »das wird schon wieder alles gut« oder solchen Unsinn zu hören bekamen. Weil das wurde es eigentlich nie. Aber ich schwöre, dass sich keiner von den siebzehn Freaks echt umgebracht hat, obwohl da üble Härtefälle dabei waren.

Über die nächsten Wochen entwickelte sich ein verdammt guter Dialog zwischen Reinhold und mir. Wir erzählten uns alles. Also vorrangig er mir, weil ich ihn nicht belügen und mir irgendwelche Suizidgründe aus den Fingern saugen wollte. Zum Glück bohrte er da nie nach. Ich verstand schnell, warum er keinen Bock mehr auf sein Leben hatte. Nur so viel: Er war mit einem Gendefekt zur Welt gekommen, durch den er eben so knautschig aussah und nur sehr wenig Haare hatte, mehr so Flaum, weshalb er immer eine Mütze trug. Dazu kam aber die größte Arschlochmutter, die man erwischen konnte, und dass er in so einem vollkommen kaputten Dorf voll Neonazis wohnte, die ihn immer Missgeburt nannten, weil seine Mutter, die da angeblich mit jedem ins Bett ging, allen das mit dem Gendefekt erzählt und ihn auch so genannt hatte. Seine Mutter!

Ganz ehrlich: Ich hab mich gefragt, warum er es nicht schon längst hinter sich gebracht hatte. Aber er wollte vorher einmal in seinem Leben eine geile Zeit haben, so wie in den debilen Liedern, die er immer hörte. Um die passenden Leute dafür zu finden, hatte er das Forum gegründet. Und weil ich parallel mit Verena chattete, die so eine Fantasie hatte, von einem Felsen in einen erloschenen Vulkan zu springen, irgendwo da beim Plattensee, entstand die Idee mit der Reise.

Jetzt fuhr sich Reinhold erstmal einen Milchshake und Pommes ein, angeblich die geilste Food-Kombi aller Zeiten. Und kam wieder darauf zu sprechen, ob es überhaupt Sinn machen würde, jetzt noch nach Mannheim zu fahren, um Verena abzuholen. Für mich war klar: Entweder wir machen das zu dritt oder gar nicht.

»Ja, müssen wir, ich hab's ihr versprochen«, antwortete ich deswegen und fügte hinzu, dass wir schließlich in das Haus von ihrem Opa am Plattensee wollten, mit Betonung auf ihrem, nicht auf Opa.

»Aber wir wissen doch ungefähr, wo das steht. Da können wir auch ohne sie hin«, sagte Reinhold, schob sich fünf Pommes in den Mund und saugte an seinem Shake.

»Alter, das wär total asi, sie einfach dazulassen. Nee. Die muss mit. Außerdem ist ungefähr der behinderte Bruder von gar nicht.«

Sofort pochte spürbar der Puls an meinen Schläfen, weil ich behindert gesagt hatte, also vor Reinhold. Es war genau das eine Wort, das ich nicht benutzen wollte. Warum, konnte ich mir auch nicht so recht erklären, vielleicht, weil ich als Kind in einen Topf Moralin gefallen war. Er störte sich aber offenbar gar nicht daran, sondern kratzte sich lediglich mit seinen Pommesfingern durch sein Beanie am Hinterkopf. Dann lächelte Reinhold, sagte: »Na, denn«, und schlug vor, ein Foto vor dem Audi zu machen. Es war schließlich ein großer Moment, weil wir uns gerade das erste Mal in der analogen Welt getroffen hatten, und vor uns die beste und vermeintlich letzte Reise unseres Lebens lag.

Wir brauchten fünf oder sechs Versuche, weil immer irgendwas schieflief. Augen zu, blöd geguckt, Handy umgefallen und so. Irgendwann passte alles, und schon ging es ab nach Mannheim, um Verena einzusammeln. Also, nachdem ich mir die Regeln angehört hatte, die es im Wageninneren zu beachten galt: kein Essen, keine Getränke, keine der glänzenden Flächen anfassen, Schuhe am besten ausziehen und auf die Gummimatte stellen, keine Knöpfe drücken, sondern alle Wünsche in Sachen Fenster oder Klimatisierung an den Fahrer richten und bitte vor dem Einsteigen kurz den Staub von der Hose klopfen.

»Hast du die auch schriftlich? So als AGBs?«

»Ich will nur, dass du mein Auto und die Arbeit respektierst, die ich da reingesteckt hab.«

»Was ist mit furzen?«

»Sag einfach, wenn du musst, dann mach ich das Fenster auf.«

Ich musste lachen, weil ich eher platzen würde, als in seinem Auto zu furzen. Reinhold nahm meine Tasche, öffnete den Kofferraum, holte eine kleine Bürste heraus und bearbeitete die Unterseite, als hätte sie die letzte Stunde in einem Petrischälchen voll Pestviren, Kolibakterien und Asbest gestanden. Ich verkniff mir zu fragen, warum er sie nicht in eine sterilisierte Tüte oder ein schönes Sagrotanbad packte. Nachdem er per Finger-Abstrichtest sichergestellt hatte, dass mein Gepäck frei von Schmutzpartikeln war, verlud er es samt der Bürste im Heck, stieg auf der Fahrerseite ein und bedeutete mir, auf dem Beifahrersitz Platz zu nehmen. Machte ich. Ohne mir den Staub vom Arsch zu klopfen, so weit kommt's noch. Allerdings konnte ich drinnen verstehen, weshalb er so pingelig war, denn der immerhin dreizehn Jahre alte Prollschlitten sah aus wie neu. Das Armaturenbrett glänzte, als wäre es gerade nass gewischt worden, die Aluminiumleisten hatten keinen einzigen Fingerabdruck drauf, und selbst die Fußmatten wirkten, als wären sie noch nie mit einem Schuh in Kontakt gekommen.

Dass Reinhold fuhr wie eine gesengte Sau, passte absolut nicht zu dem Theater, das er vor dem Einsteigen veranstaltet hatte. Damit riskierte er schließlich, sein Baby zu schrotten. Wahrscheinlich fühlte er sich aber so sicher hinterm Lenkrad, dass ihm das gar nicht in den Sinn kam. Wäre es die Karre von jemand anders gewesen, hätte ich mir gedacht, boah, was ein Proll. Aber Reinhold kannte ich und wusste, dass er echt viel zu kompensieren hatte. Wenn ihm dieses Geschoss dabei half, meinetwegen. Und mal derb *fast & furious*-mäßig über die Autobahn zu heizen, hatte auch was.

Die ganze Zeit lief grauenhafter Deutschrock, was für mich stimmungsmäßig jetzt nicht so der Bringer war. Klar, wir waren womöglich auf dem Weg in den Tod, aber da muss man ja vorher nicht die ganze Zeit melodisch einfältige Lieder hören, in denen Typen mit tiefen Stimmen über zerbrochene Beziehungen oder ihre Freiheit grölen. Und, wie schon gesagt, war mein Plan auch ein ganz anderer.

»Wie wär's mit bisschen was anderem?«

»Hab nichts.«

»Nicht mal sowas wie, keine Ahnung, Metallica?«

»Nee, da versteh ich kein Wort.«

»Das ist ja genau, was ich daran gut finde.«

»Kauf dir ein eigenes Auto, da kannst du deine Musik drin hören.«

Ich hatte keinen Bock auf Diskussion. Die Idioten plärrten weiter, dass sie zurückschlagen, wenn sie auf die Fresse bekommen, dass sie nie aufhören werden, sie selbst zu sein und *dieses Lied* zu singen und ähnlichen Quatsch, dann zur Abwechslung irgendwas mit Bier und wie *goil* alles ist, um sich danach in einer unterkomplexen Ballade verletzlich zu zeigen und gegenüber einer garantiert erfundenen Ex-Freundin einzuräumen, dass sie *Scheiß gebaut* haben. Der gefühlt hundertste Song, ebenfalls eindeutig an ein männliches Publikum in Muskelshirts gerichtet, ließ mich meine Absichten für die Reise nochmal hinterfragen. Weil, wenn ich auch springen würde, müsste ich so eine Kackmusik nie mehr ertragen. Als hätte er meine Gedanken gelesen, drehte Reinhold in dem Moment den Sound ab, grinste und meinte, dass er mich nicht zu Tode quälen will.

»Die meisten checken die Musik nach 'ner Stunde.«

»Sorry, ich nicht.«

»Aber dein Leonhard Cohn läuft auch nicht, verstanden?«

»Leonard Co-hen. Und den hör ich auch nicht immer. Das hab ich nur einmal geschrieben.«

»Whatever ... Und? Freuste dich auf Verena?«

»Klar.«

Dass auch ich seit einer Woche gar nichts mehr von ihr gehört hatte, verriet ich besser nicht. Ihr Handy war aus, und auf meine Nachrichten und Emails antwortete sie nicht. Aber wir hatten oft über den Trip gesprochen, und sie hatte immer gesagt, dass sie auf jeden Fall dabei wäre und dafür alles stehen und liegen lassen würde. Darauf verließ ich mich. Und auf mein Bauchgefühl, das mir sagte, dass zwischen uns eine ganz besondere Verbindung bestand. Dabei wusste ich nicht mal, wie sie aussah – aber ich stellte sie mir total hübsch vor.

2

Um nochmal zum Thema Verrat zu kommen: Ich war kein Verräter, auch wenn ich von Anfang an verhindern wollte, dass sich Reinhold und Verena das Leben nehmen. Mein Plan war, dass wir uns gegenseitig irgendwie Kraft geben, so peinlich das auch klingen mag. Ich glaubte einfach, dass wir Außenseiter auf der Suche nach Zugehörigkeit waren. Unsere gemeinsame Reise sollte den beiden deutlich machen, dass wir schon die Gemeinschaft waren, die uns fehlte, auch wenn es nur so eine Art Suicide Squad war. Wobei wir durch unseren Pakt sogar mehr waren. So eine Vereinbarung triffst du nur mit deinen besten Freunden.

Allein die Tatsache, dass wir seit über drei Wochen fast jeden Tag miteinander über den Trip kommunizierten, statt mit dem Auto über eine Klippe zu rasen, Reinholds ursprüngliche Exit-Strategie, war ein klares Zeichen, dass da was entstanden war. Und dass wir nicht ausschließlich über den Sprung quatschten. Nee, wir chatteten über Gott und die Welt, simsten wegen anderer Probleme, schickten

PNs über den Stress im Alltag, lästerten am Telefon über die Leute im Forum. Damit brachten wir einander immer wieder auf bessere Gedanken als Suizid. Genauer gesagt, schaffte ich das bei Reinhold und Verena, bei mir war es ja nie ernsthaft Thema gewesen. Bloß gesehen hatten nur sie mich, weil beide bei meinen Videochatversuchen ihre Kameras nicht eingeschaltet hatten. Bei ihm konnte ich das verstehen, bei Verena fand ich es doof, aber sexy.

In meinem Leben gab es nur einen bescheuerten Vater. Andere würden ihn vielleicht sogar Arschlochvater nennen, aber das fände ich übertrieben. Er war einfach extrem pedantisch und hatte wahrscheinlich eine narzisstische Persönlichkeitsstörung, weil ich unter alles, was die ausmacht, einen Haken bei Wikipedia setzen konnte. Ob sein Narzissmus grandios-maligne oder schon exhibitionistisch war, keine Ahnung. Aber eher bösartig, wie sich herausstellte, als meine Mutter sich von ihm scheiden ließ. Da war ich dreizehn und konnte ihr den Schritt nicht verübeln. Eher hätte ich ihr vorgeworfen, ihn überhaupt geheiratet zu haben. Ging nur nicht, weil ich ja sonst nicht existieren würde.

»Ich ertrage das einfach nicht mehr«, hatte sie eines Abends gesagt. »Alles, was ich mache, mache ich seiner Meinung nach falsch. Aber das stimmt nicht. Ich hatte ein Leben, bevor ich ihn kennengelernt habe. Und da bin ich auch zurechtgekommen.«

Das konnte ich mir gar nicht vorstellen, also wie sie allein klargekommen war. Aber ich verstand, was sie meinte, weil er auch bei mir bei allem ankam, was ich machen wollte, um mir zu erklären, dass ich im Grunde zu doof dazu war. Fahrrad putzen, Zimmer aufräumen, Schnitzen, Bogenschießen. Sogar wie ich ging, im Sinne von sich vorwärtsbewegen.

»Viel Spaß mit deinen Bandscheiben in zwanzig Jahren«, hatte er da gesagt, weil er der Meinung war, dass ich *krumm lief*, und ich wünschte, nachdem ich gegoogelt hatte, was das mit den Bandscheiben bedeutete, dass zwischen allen seinen Wirbeln das Bandscheibengewebe hervorquellen würde. Gut, das war mindestens sechs Jahre her und ich hatte inzwischen begriffen, dass es mich nicht glücklich machen würde, wenn er Schmerzen hätte, sondern vermutlich eher traurig, weil man auf irgendeine kaputte Art seinen Eltern am Ende fast alles verzeiht, was sie einem antun. Ich begreif nur noch nicht, warum. Oder weshalb man sie lieben muss. Schließlich hatte man sich ja nicht sie als Eltern ausgesucht, sondern sie hatten sich ein Kind gewünscht (meistens). Einen kleinen Erlöser für die Wohnzimmercouch, der ihrer Existenz einen Sinn geben würde. Der ihnen endlich das große Glück beschert. Einen Sonnenschein, immer zufrieden, erfolgreich und alles, was sie selbst nicht waren und niemals sein würden. Dass ihnen die Realität einen introvertierten, unsportlichen und sozial inkompatiblen Trauerkloß servieren könnte, wird nicht in Betracht gezogen. Aber das geht jetzt zu weit, ich war ja bei meinen Eltern und ihrer Scheidung.

Zwischen den beiden hatte es, soweit ich mich erinnern kann, mit der Spülmaschine angefangen so richtig zu eskalieren. Da hat mein Vater eines Abends erst wortlos alles umsortiert, damit mehr reinpasste, und dann irgendwann einen kompletten Ausraster gekriegt, weil Mama seiner Meinung mal wieder alles total schwachsinnig eingeräumt hatte. An einem eigentlich friedlichen Samstagnachmittag hat er sie dann richtig angeschrien deswegen. Ich habe nichts gesagt, sondern mich nur geschämt, weil die zwei Müslischalen, die im oberen Fach falsch waren, hatte ich da so reingestellt. Mama hat zurückgebrüllt, dass er die beschissene Spülmaschine dann ja selbst einräumen und sich danach gerne *gehackt legen* kann, und da ist er ganz ruhig geworden, und wir beide kannten ihn ja sehr gut und wussten, dass er dann am fiesesten wurde. In der Ruhe lag seine Kraft.

Als er ihr ganz sachlich erklärte, sie könne doch nicht so verblödet sein, nicht zu erkennen, dass sie mit ihrer Art, die Maschine einzuräumen, dreißig Prozent Ladefläche verliere, und entsprechend mehr Wasser, Strom und Spülmittel verbrauche, begann Mama zu weinen. Was vollkommen bescheuert war, also nicht das Weinen, sondern sein Argument, weil es plötzlich indirekt um Geld und die Umwelt ging, was wirklich nie ein Thema in unserem Haushalt war. Ich glaube, dass er sie nur kaputtmachen wollte und es ihm einen Kick gab, sie für blöd zu erklären. In den folgenden Tagen ist er dann jeden Abend mit ihr zur Spülmaschine gegangen und hat ihr mit seiner ekelhaft herablassenden Pseudofreundlichkeit gezeigt, wie sie die Ladung *optimieren* könne.

Kurz darauf hat er begonnen, ihr montags eine Liste mit den Dingen auf den Küchentisch zu legen, die sie die Woche über erledigen sollte, weil sie angeblich den ganzen Haushalt *nicht richtig gebacken* bekam. Am Anfang waren das noch mehr Stichpunkte, aber irgendwann wurde ein durchgetakteter Stundenplan draus, sogenannte *Beschäftigungsblöcke*, die so überhaupt nicht zu schaffen waren. Nach der Scheidung hat sie mal gesagt, dass er, der große Hundehasser, sie wie einen Köter brechen und dressieren wollte. Und sie hat danach eine ganze Reihe von echt heftigen Schimpfwörtern benutzt, die ich so von ihr noch nie gehört hatte. Da musste ich laut lachen und sie auch, und wir waren froh, dass sie endlich frei war, und dann haben wir ihre neue Spülmaschine komplett falsch eingeräumt und darüber noch mehr gelacht.

Total irre fand ich, wie verschieden meine Eltern nach der Trennung wurden. Weil Mama schon bald tausendmal so locker war wie vorher und er millionenmal so kleinlich und spießig. Ich hab mich nie getraut, sie zu fragen, ob sie wieder so wurden, wie bevor sie sich kennengelernt hatten, oder ich es nun mit komplett neuen Versionen von ihnen zu tun hatte. Weil eins wusste ich sicher: *So* hätten sie sich nie im Leben ineinander verliebt und schon gar nicht geheiratet. Ich konnte das gut beurteilen, weil ich ja ständig pendelte.

Zum Glück musste ich nur an den Wochenenden zu ihm und wenn Mama mal keine Zeit hatte. Das funktionierte ohne große Reibereien, weil mein Vater sich in seine Arbeit gestürzt hatte, und ich fast den ganzen Tag zocken und online sein konnte, ohne dass er viel davon mitbekam. Vielleicht war es ihm auch egal. Ich hatte sowieso das Gefühl, dass ich ihn grundsätzlich zur Verzweiflung brachte und er nach und nach aufgab, aus mir einen Menschen machen zu wollen, der so tickte, wie er sich das vorstellte. Wobei ich mir alle Mühe gab, niemals auch nur im Ansatz so zu werden wie er.

Umso überraschender kamen dann seine Schübe, in denen er mich wieder verbessern wollte. Mama und ich nannten das immer sein *Projekt Sohnemann*. Dass ich an den Wochenenden mindestens zwei Stunden im Garten helfen musste, war gesetzt, und ich habe es jedes Mal gehasst. Bis auf, wenn ich Äste in den Häcksler stecken durfte oder wir irgendwas verbrannten. Am schlimmsten war's, wenn er einen Sohnemann-muss-was-lernen-Schub hatte. Dann blieben die Geräte im Schuppen, und ich musste mit ihm durch den gesamten Garten stapfen und mir anhören, wie die verschiedenen Blumen, Stauden und Bäume hießen, als ob mich die Fähigkeit, Maiglöckchen von Bärlauch unterscheiden zu können, im Leben irgendwie weitergebracht hätte. Oder zu wissen, dass die meisten Menschen denken, dass es im Herbst keine Krokusse gibt, sondern nur Herbstzeitlose, die halt fast genauso aussehen, obwohl zum Beispiel der Safran-Krokus auch im Oktober blüht. Mein Vater fand das mindestens genauso wichtig, wie dass ich Abitur mache, damit mir später alle Türen offenstehen.

Grund genug für ihn, ständig neue Nachhilfelehrerinnen ins Haus zu bestellen, um mir die wenigen freien Stunden auch noch zu versauen. Einmal tanzte sogar eine in so 'nem übertrieben bunten Filzmantel an, die zusätzlich Psychologin war. Sie roch wie die Kosmetikabteilung im Bio-Supermarkt und versuchte, mit mir ganz einfühlsam über meine Wünsche und so zu sprechen, so von du zu du. Der verriet ich, was ich von meinem Vater dachte, und zwar so offen und ehrlich, dass sie es ihm unmöglich weitererzählen könnte. Hat sie aber offenbar trotzdem, denn danach kam sie nie wieder, und mein Vater war die nächsten zwei Wochenenden angeblich auf Geschäftsreise. Da tat er mir fast ein bisschen leid, weil die Wahrheit bestimmt unangenehm war.

Ich glaube schon, dass er seine Schübe nicht hatte, um mir eins reinzuwürgen, sondern weil Disziplin und Abitur in seiner Generation und seiner Familie wirklich noch wichtig waren. Was mich störte, war, dass ich keine eigene Meinung oder sowas wie eine selbst entworfene Zukunftsplanung haben durfte und er mir nie richtig zuhörte, wenn ich darüber sprach, wie ich mir mein Leben vorstellte. Ich wollte nämlich eine Ausbildung zum Mediengestalter machen und dann mal sehen. Aufs Abi konnte ich verzichten.

»Und was, wenn du danach auf die Filmhochschule willst?«

»Dann kann ich das, weil für die braucht man nur Mittlere Reife und 'ne Ausbildung, die ich dann ja habe.«

»Soso. Und wenn du merkst, dass das doch nicht dein Ding ist und du lieber BWL studieren würdest?«

»Will ich garantiert nicht.«

»Siehst du, Kolja, und weil du so naiv bist und glaubst, sagen zu können, was du in fünf Jahren mit deinem Leben machen willst, kannst du froh sein, dass ich versuche, dir alle Möglichkeiten offenzuhalten.«

Ich fand meine Argumentation sehr gut, aber mit Argumenten kommt man bei narzisstischen Persönlichkeiten nicht weit. Das stand auch bei Wikipedia. Mich ärgerte vor allem, dass er nicht checken wollte, dass ich einfach nur Zeit vergeuden würde, in der andere dann schon die Ausbildung machen konnten und mir vielleicht genau den Job wegschnappten, den ich hätte haben können. Habe ich aber nicht gesagt, weil es sinnlos gewesen wäre.

Ein Grund, sich in einen erloschenen Vulkan zu stürzen, war mein Vater also nicht. Nur, als er mal wieder wegen meiner angeblich inexistenten Tischmanieren durchdrehte, wollte ich mich an ihm rächen. Mir in seinem strahlend weißen Badezimmer die Pulsadern aufzuschneiden und alles vollzubluten, hielt ich für das Schlimmste, was ich ihm antun konnte. Deswegen Google. Deswegen Reinhold. Und deswegen Mannheim.

3

Um es vorwegzunehmen: Mannheim war komplett für'n Arsch. Dass die Stadt echt hässlich war, ist und wohl immer sein wird, hatte damit gar nichts zu tun. Ich wurde mit neun oder zehn mal von meinen Eltern durch Heidelberg geschleift, das da ganz in der Nähe sein muss, weil es an jeder zweiten Kreuzung ausgeschildert ist. Und das war megakitschig, überall Häuser mit Verzierungen an der Fassade und lauter kleine Straßen mit Kopfsteinpflaster und Brunnen und so. Bisschen wie eine Modelleisenbahnstadt. Als Mannheimer Bürgermeister hätte ich auf jeden Fall was unternommen, um nicht so extrem gegen die Nachbarn ein paar Kilometer weiter abzustinken. Andererseits war das vielleicht Absicht, damit nicht jedes Jahr zig Millionen Touristen durch die Stadt kriechen wie in Heidelberg. Das muss ja auch irgendwann nerven. Aber vor allem hätte ich gerne auf Mannheim verzichtet wegen der Geschichte, die da rausgekommen ist.

Wir waren trotz Reinholds Fahrstil eine gute Stunde bis zu der Adresse unterwegs, die Verena mir mal gegeben hatte. Die Ampeln hatten sich gegen uns verschworen, und dann war auch noch eine Straße wegen einer Demo gesperrt. Das Haus, vor dem wir schließlich standen, war ein fieser Plattenbau inmitten von anderen fiesen Plattenbauten. Weil die Sonne fast senkrecht über uns brannte, war es unerträglich heiß und roch nach Urin, getrocknetem Hundekot und Müll. Der Gestank hing zwischen den Wohnblöcken, als hätte der Wind sich gesagt: »Ich mach mir doch nicht die Moleküle schmutzig, sollen die Menschen da mal schön dran ersticken.« Entsprechend waren die asphaltierten Wege in den Betonfluchten wie ausgestorben. Hätte mich nicht gewundert, wenn plötzlich ein Zombie aus einem der vertrockneten Gebüsche auf uns zugestürzt wäre.

Das Problem war, dass Verenas Familienname auf keinem der Klingelschilder stand. Ich kam mir sofort vor wie die blonde Fernsehtante von SAT.1, die überall auf der Welt vermisste Familienmitglieder sucht.

»Also mit dem Nachnamen Horváth und dieser Adresse kommen wir nicht weiter. Aber weil Verena sie mir gegeben hat, kann es gut sein, dass sie hier zumindest mal gelebt hat. Wir versuchen es jetzt einfach mal bei den Nachbarn. Da muss die doch jemand kennen«, sagte ich so wie die TV-Moderatorin. Reinhold kapierte es und lachte los. Ich wette, dass seine Mutter die Sendung auch immer guckte, selbst wenn sie einen miesen Charakter hat. Aber das Lachen verging ihm, als wir kurz darauf bei einer Frau, Typ Bullterrier mit Dauerwelle, in der vierten Etage an der Tür standen, die uns alles erzählte, rauchte und dabei immer wieder ihre Asche in den Hausflur schnippte.

»Die haben nebenan gewohnt. Also die Kleine, ihre Mutter und der Vater. Der Janko, der war ja ein totaler Coronaleugner. Der hat bei 'nem Messebauer geminijobbt, der ganz früh insolvent gegangen ist. Da hat er dann wieder angefangen zu saufen. Also der Janko. Saß da immer vorm Haus auf der Bank mit paar anderen. Mein Mann wollte da auch mal raus, da hab ich ihm aber was erzählt. Und Janko war auch gegen die Impfung und all das. Hat er immer allen zugerufen. So von wegen, dass wir alle Schafe sind und uns jetzt schön vom Staat chippen und sterilisieren und vergiften lassen. Ich fand das ja auch nicht toll, aber man musste ja.«

Chippen sprach sie wie *schippen* aus, und ich musste mir auf die Lippe beißen, um nicht laut loszulachen. Ich nahm mir vor, das später zu benutzen, so als Insiderwitz. Die Frau machte eine Pause, weil ihre Zigarette fast runtergebrannt war, und sie sich eine neue zwischen die Lippen klemmte, die sie mit der alten anmachte, die sie dann in der Tür, da wo der Riegel reingeht, ausdrückte und den Stummel in der Hand behielt, kein Witz.

»Wie ich das alles mitbekommen habe, stand jedenfalls so in der Zeitung, hat sich die Angela dann trotzdem impfen lassen. Und da hat er sie kaltgemacht.«

»Wen?«, fragte Reinhold.

»Die Angela. Seine Frau.«

»Verenas Mutter?«, fragte ich.

»Ja.«

»Wie? Wann?«, stammelte ich.

»Im Juni 21. Sie wollte mit dem Kind nach Ungarn fahren. Durfte man ja nur mit Nachweis.«

»Und deshalb hat er sie umgebracht? Alter ...«, meinte Reinhold und ich rechnete es ihm hoch an, dass er nicht auch kaltmachen sagte, weil ich das irgendwie das komplett falsche Wort fand.

»Ja, das war nicht schön.« Ach nee. »Wir haben das ja alles gehört. Dass er davor gerne mal zugelangt hat, das wussten wir. Bei den Pappwänden hier im Haus kriegt man ja alles mit, wenn es nebenan laut wird. Aber dass er sie einfach vom Balkon werfen würde ... das hat sich keiner hier vorstellen können.«

Mir wurde ganz flau im Bauch. Die Frau berichtete das alles so emotionslos, als wäre es einfach ein tragischer Unfall gewesen, so wie in Heinz Strunks Lied *Todesfalle Haushalt*. Ich wollte nur noch weg hier.

»Und wo ist Verena jetzt?«

»Die hat das Jugendamt in ein Heim gesteckt. Fragt mal oben bei den Burbecks im siebten, die haben einen Sohn, der mit ihr befreundet war.«

»Danke, Sie haben uns wirklich weitergeholfen«, sagte ich und sah, dass Reinhold schon wieder grinsen musste, obwohl ich gar nicht versucht hatte, die Fernsehtante zu imitieren. Außerdem war ich mir ziemlich sicher, dass die Frau Verenas Freund Tommy meinte, der aber nur ein guter Kumpel war, nicht Beziehung oder so. Mit dem war sie vor zwei Wochen auch im Kino, hatte sie mir geschrieben. Was bedeutete, dass sie zumindest noch in Mannheim leben musste.

Im Fahrstuhl zog Reinhold einen extra dicken Edding aus der Tasche und schmierte was an die Wand. Es sollte *Leming* heißen, was ich irgendwie cool fand, weil das wir waren, und die Leute so vielleicht unsere Reise nachvollziehen könnten, falls es doch so weit kommen sollte, dass wir sterben. Ich nutzte die Gunst der Stunde, um endlich mal die falsche Schreibweise anzusprechen: »Da fehlt ein m.«

»Ist schon von der Klippe gesprungen«, entgegnete Reinhold so trocken, dass ich vor Lachen schier platzte.

Bei den Burbecks öffnete ein Junge in meinem Alter und sah uns an, als ob wir Cops wären. Er hatte lange braune Haare, die leicht fettig waren, trug ein schwarz-blau gestreiftes Fußballtrikot von einem mir unbekannten Verein namens *Waldhof 07*, dazu eine kurze Jeans. Aus der Wohnung roch es nach muffigem Essen, bisschen wie wenn es bei Mama Quinoaauflauf mit Brokkoli gab. Kann aber auch sein, dass die Bude einfach ordentlich zugefurzt war. Wie mein Zimmer nach Quinoaauflauf.

»Ja?«

»Hi, wir suchen Verena. Bist du Tommy?«

»Kann sein?«, antwortete er als Frage, was ich nicht mochte, da mein Vater das auch machte.

»Woher weißt du, wie der heißt?«, fragte Reinhold.

»Weil Verena mit ihm neulich im Kino war.«

»War ich nicht.«

Das warf mich aus der Bahn. Sie hatte sogar gemeint, der Film wäre Schrott gewesen. Wobei sie ja in einem Heim war und die ganze Nummer offenbar keinem verraten wollte, was mich ein wenig kränkte. Ich mochte mir gar nicht vorstellen, was sie noch alles erfunden hatte. Andererseits konnte es auch ein Heimausflug ins Kino gewesen sein, falls es sowas gab, und sie hatte Tommy bloß dazugedichtet, weil sie sich ausmalte, wie ihr Leben wäre, wenn sie noch hier wohnen würde.

»Kannst du uns sagen, wo wir sie finden?«

»Die wohnt in so 'ner Mädchengruppe, irgendwo in der Nähe von Mainz.«

»Fuck, das ist genau die falsche Richtung«, meinte Reinhold.

»Ja, und?«

»Ich fahr jetzt nicht wieder hundert Kilometer zurück nur wegen der. Das kostet locker wieder 'ne Stunde.«

»Was wollt ihr denn von Verena?«, fragte Tommy.

»Geht dich nichts an«, antwortete ich.

»Dann erfahrt ihr halt nicht, wo das Heim genau ist.«

Okay, es war nicht besonders schlau von mir, ihn so abzuwiegeln, aber seine Antwort war auch nicht viel schlauer, weil wir waren zwei und Reinhold deutlich massiver gebaut als er. Zwar konnte ich mir nicht vorstellen, dass er Tommy eine gewischt hätte. Doch da der uns nicht kannte, zückte ich die Einschüchterungskarte.

»Hast du den Film *Tommy allein zuhaus* gesehen?«, fragte ich und schaute rüber zu Reinhold. Aber der und auch Tommy checkten nicht, was ich meinte. Also musste ich meine subtil verpackte Drohung erklären, was noch schlimmer war, als sie einfach sterben zu lassen.

»Handelt vom kleinen Tommy, dessen Eltern nicht da sind, und bei dem zwei Typen klingeln, die-«

»Ach, du meinst Kevin! Der heißt *Kevin allein in New York*«, rief Reinhold.

»Ja. Aber in Tommys Version bekommt er aufs Maul und verrät dann, wo die Typen eine gemeinsame Freundin namens Verena finden.«

Jetzt klickte es auch bei Tommy und er versuchte, die Tür zu schließen, aber da war Reinhold schneller und steckte seinen Fuß in den Spalt.

»Papa!«, schrie Tommy - und das war jetzt wirklich schlau, weil wir ja nicht wussten, ob er wirklich allein daheim war. Reinhold guckte zu mir, ich hob meine Schultern, weil auch keine Ahnung.

»Okay, okay, kein Stress«, sagte ich, weil wir sonst am Ende ohne Verena hätten fahren müssen. »Sag's uns einfach. Bitte. Wir sind echt mit ihr befreundet. Also online. Das sollte 'ne Überraschung werden.«

»Und da wisst ihr nicht mal, wo sie wohnt?«

»Offensichtlich wollte sie nicht darüber reden.«

Schweigen. Das mit dem Papa war ein Bluff gewesen, weil niemand kam. Aber das mit den Prügeln hatte ich ja auch nicht ernst gemeint.

»Das ist so 'ne Art Bauernhof. Kann man googeln. Heißt Gut Schwaigen.«

»Da wärst du falsch«, grinste Reinhold, und ich hab bis zum Auto gebraucht, um den Witz zu checken.

Relativ bald kippte die Stimmung, weil ich die Musik einfach nicht ertragen konnte und Reinhold wegen dem Umweg angepisst war.

»Hast du eigentlich Geld?«, wollte er wissen.

»Warum?«

»Weil das jetzt locker zweihundert Kilometer mehr sind und Benzin nicht umsonst ist. Wieviel hast du?«

»Genug für mich und die nächsten paar Tankfüllungen.«

»Gut. Besser so.«

Ich wollte ihm auf keinen Fall erzählen, dass ich schon ein bisschen reich war. Zumindest für unsere Verhältnisse. Nicht so wie die Auswanderer im Fernsehen, die nach Gran Canaria oder Timbuktu gingen, um ein neues Leben zu starten, und grade mal zweitausend Euro zusammengekratzt hatten. Ich hatte knapp fünftausend gespart, die unter meinen Klamotten in meiner Reisetasche lagen. Es hatte mich fast zwei Wochen gekostet, die Kohle nach und nach von meinem Konto zu holen, weil ich ein Abhebelimit von fünfhundert Euro pro Tag hatte. Das Geld sollte reichen, um meinen Plan umzusetzen. Und wenn das Tanken ein Teil davon werden musste, war das eben so.

Wir schwiegen fast die ganze Fahrt, und ich schaute die meiste Zeit aus dem Seitenfenster. Ich war froh, dass wir nicht nochmal durch Frankfurt mussten, weil da immer elend viel Verkehr und regelmäßig Stau war, und ich nichts mehr hasste, als in einem stehenden Auto zu sitzen. Aber da Reinhold nicht mal meckerte, als es auf der A61 nur zähfließend voranging, wollte ich das Fass nicht aufmachen.

Das hatte ich von meiner Mutter gelernt, vor der Scheidung: Einfach mal die Klappe halten, wenn dich etwas stört, weil es den anderen vielleicht gar nicht auffällt oder es für ihn oder sie normal ist. Und er oder sie sich bloß darüber aufregt, wenn es von dir überhaupt erst ins Bewusstsein geholt wird. Darin war mein Vater ein Weltmeister, weil er ständig an Gott und der Welt was auszusetzen hatte. Mit dem kleinen Haken, dass es ihm im Grunde egal war. Wie damals im Urlaub, als er uns gleich am ersten Tag in dem Bungalow auf dem Campingplatz am Gardasee darauf hinwies, dass er im Bad Schimmel vermutete. Er benutzte es trotzdem, als wäre nichts. Aber ich wollte auf keinen Fall giftige Schimmelsporen einatmen und hab mir immer was über den Mund gezogen oder die Luft angehalten, wenn ich da rein musste und ansonsten die Sanitäranlagen der Camper benutzt.

Das Gut Schwaigen lag in der Nähe von einem Dorf, das wie alle Orte in der Gegend auf -heim endete. Ich weiß echt nicht mal mehr welches -heim das war. Aber Reinhold taute wieder auf, als ich ihn bei Bockenheim darauf aufmerksam machte. Wir waren schon an Heßheim, Heuchelheim und Bissersheim vorbei, und vor uns lagen noch tausend andere -heims.

»Hier zu wohnen hätte ich eher Null-Bockenheim«, meinte er. Er sprach nicht viel, aber wenn er was sagte, war es fast immer lustig.

»Wo denn sonst? In Kindenheim? Oder lieber in Flörsheim-Dalsheim?«

»Wenn, dann in Geilheim.«

»Dann wärst du bei mir in der Nähe. Weil ich wohne in Obergeilheim.«

Ich schaute dann auf dem Handy, welche lustigen Orte es sonst noch mit -heim gab, und hab echt Geilsheim gefunden, wobei die besten Namen anders endeten. Zum Beispiel Busendorf, Hodenhagen, Irrendorf, Hundeluft, Katzenhirn und Eichelhardt. Da kann man nur wegziehen, echt. Am besten nach Elend im Harz.

So hätte auch das Kaff in der Nähe von Verenas Heim heißen können. Oder regionaltypisch Elendheim. Hier gab es maximal zwanzig Häuser, ein Lebensmittelgeschäft, das gerade Mittagspause hatte, eine zue Tanke. Nicht vorhanden waren ein Gasthaus, ein Café oder wenigstens ein Imbiss. Was wirklich superelend war, weil Reinhold und mir inzwischen die Mägen knurrten. Wir hatten uns zwar beim Tanken in Monsheim mit Chips eingedeckt – was Richtiges wäre uns allerdings sehr viel lieber gewesen.

»Und nu?«, wollte Reinhold wissen.

»Ich schreib ihr, dass wir da sind. Und dann kommt sie hoffentlich raus.«

»Das hast du doch in Mannheim auch schon gemacht.«

»Ja.«

»Hat sie inzwischen wenigstens geantwortet?«

»Nee.«

»Alter ... Weiß sie überhaupt, dass es losgeht?«

Ich schwieg. Weil für mich feststand, dass Verena mitkommt, wenn wir irgendwann aufbrechen würden. Das hatte sie immer wieder geschrieben. Die aktuelle Funkstille war nebensächlich.

»Ist doch egal. Dann musst du da halt rein und nach ihr fragen«, sagte ich.

»Wieso ich?«

»Weil du achtzehn bist. Wenn ich da reingehe, können die mich bestimmt dabehalten und meine Eltern anrufen und so.«

»Aber sie weiß, was wir vorhaben?«

»Ja. Nur nicht, dass es heute losgeht.«

»Ey, Kolja! Das ist doch scheiße! Wir fahren hier ewig von Mannheim über Kackheim zu ihrem beschissenen Kinderheim, und dann rückst du damit raus, dass sie nicht mal weiß, dass wir heute in ihr Haus am Plattensee wollen.«

»Ins Haus von ihrem Opa.«

»Fick den Opa!«

Ich blieb lieber still, weil Reinhold recht hatte. Merkte ich auch erst, als ich es mal so von seiner Seite aus hörte.

»Ja. War blöd von mir«, dachte ich und sagte es wohl auch zur gleichen Zeit, weil Reinhold schlagartig runterkam und mich fast wie ein Bruder anlächelte.

»Du stehst auf sie, oder?«

Ich nickte.

»Dann hol ich sie dir!«, sagte er. »Das bin ich dir schuldig.«

»Wieso das denn?«

»Weil ohne dich hätte ich mich irgendwann alleine mit hundertachtzig um einen Baum gewickelt. Und so wird das Ganze noch ein geiler Trip.«

Er stieg aus und marschierte auf Gut Schwaigen zu. Das Bild werde ich nie vergessen. Und erst recht nicht, wie ich ihm so hinterher blickte, und plötzlich jemand die Hintertür aufriss.

4

Im ersten Moment traute ich mich gar nicht, nach hinten zu gucken, weil mir klar war, wer da hinten ins Auto geklettert war. Ich hatte Verena ja auch das Foto von uns vor der lilafarbenen Bestie bei McDonald's geschickt – sie hatte seitdem garantiert nur darauf gewartet, dass wir vorfahren. Jetzt saß sie bestimmt auf der Rückbank und lächelte. Und kiffte, wie ich ganz deutlich riechen konnte.

Dass meine Vermutung einen krassen Logikfehler hatte, wurde mir erst viel später bewusst. Verena hatte uns ja ihre richtige Adresse verheimlicht, weshalb sie ganz sicher nicht auf uns gewartet hatte. Und zwar völlig unabhängig davon, ob sie unsere Nachrichten bekommen hatte oder nicht.

In dem Moment dachte ich allerdings, dass ich unbedingt irgendwas Cooles sagen müsste und mich dann umdrehen und ebenfalls lächeln. Was jedoch nicht meine Stärke war, also so spontan. Darin war Reinhold deutlich besser als ich. Ein Satz wie »Willkommen zum besten Trip deines Lebens« oder so fiel schon mal aus. Vielleicht was, das mit unserem Ziel zu tun hatte. Also dem Plattensee, nicht dem anderen.

»Ich hoffe, du hast zwei Bikinis dabei, weil ich hab meine Badehose vergessen«, sprudelte es einfach so aus mir raus, und ich fand es schon nach der Hälfte des Satzes peinlich.

»Was?«, kam eine viel zu dunkle Stimme von hinten, die definitiv nicht zu Verena gehörte.

Ich fuhr herum und sah einem schätzungsweise Vierzehnjährigen ins Gesicht, der nichts Besseres zu tun hatte, als mir seinen Kiffrauch in die Fresse zu hauchen.

»Sorry, ich dachte, du wärst jemand anders.«

»Wer?«

»Verena.«

»Tja.«

»Was tja? Raus hier.«

»Sonst?«

»Ey, steigst du immer in fremde Autos?«

»Nö. Hat meine Mama mir verboten«, sagte der Typ grinsend. Ich fragte mich, ob ich auf Erwachsene auch so wirkte. Also unverschämt und kurz angebunden. Wobei der Kerl eine Fratze hatte, an der man gleich sah, dass er nur nerven wollte, weil ihm langweilig war. Ultrakurze Haare, Sommersprossen, rasierte Kerben in den Augenbrauen und so ein Ring in einem Ohrläppchen, bei denen mich immer das Verlangen packt, sie mit meinem kleinen Finger rauszureißen, keine Ahnung, warum.

»Bist du auch hier im Heim?«

Nicken.

»Dann kennst du Verena?«

»Klar, Sherlock. Ist in der Mädchengruppe.«

»Kannst du sie rausholen?«

»Kommt drauf an.«

Ich versuchte, Fratze einfach nur so anzusehen, wie mein Vater mich anschaute, wenn ich ihm auf den Sack ging. Immerhin war ich vermutlich der Ältere und er ungefragt in den Audi geklettert. Bei mir zog der Blick immer.

»Ich will zuerst 'ne Runde mit dem Auto fahren.«

»Vergiss es.«

»Ich kann das. Ich komm von 'nem Bauernhof und bin schon mit zehn Traktor gefahren.«

»Geht trotzdem nicht, weil der Wagen nicht mir gehört.«

»Dann kann's dir ja egal sein.«

Stille.

»Kannst du jetzt bitte die Tür von außen zumachen?«

Wieder ein Vaterspruch, wieder keine Reaktion. Dafür eine weitere Kiffschwade.

»Dann mach wenigstens das Fenster auf, das ist ein Nichtraucherfahrzeug.«

Ich hörte, wie er auf den Fensterheber drückte, aber kein Surren. Klar, Reinhold hatte den Schlüssel mitgenommen. Ich drehte mich wieder um. Da kicherte Fratze los und sagte nach einer Ewigkeit: »Ich stell mir dich grad in 'nem Bikini vor.«

Das fand ich zwar genauso lustig wie er, wollte es mir aber nicht anmerken lassen, weshalb ich meine Tür öffnete und aus dem Fahrzeug stieg. Fratze kam auch raus, stellte sich neben mich und reichte mir seinen fast aufgerauchten Joint.

»Willst du?«

»Nee, kiff nicht.«

»Selber schuld.«

War mir egal. Bei mir wirkte das nicht. Es sei denn, die normale Wirkung war ein harter Schub Paranoia gefolgt von unglaublicher Müdigkeit. Aber das wollte ich ihn nicht fragen.

»Für zwanzig Euro sag ich Verena, dass sie rauskommen soll.«

»Schau ich so aus, als ob ich mich von dir abziehen lasse?«

»Nee. Aber das Geld schuldet sie mir.«

»Wie?«

»Sie hat gesagt, dass sie mir für vierzig Euro einen runterholt. Und weil ich nur einen Zwanni hatte, hat sie den als Anzahlung genommen.«

»Also erstens würde Verena dir nie einen runterholen, schon gar nicht für vierzig Euro, und zweitens ist es nicht mein Problem, wenn du dich von ihr verarschen lässt.«

»Ja, aber du willst mit ihr abhauen, und sie schuldet mir Geld.«

»Sagst du. Und ich glaub dir nicht.«

Schweigen.

»Ist deine einzige Chance, weil du kommst da garantiert nicht rein.«

»Aber mein Kumpel.«

Ich wusste nicht, ob Reinhold auf dieses Stichwort gewartet hatte. Doch genau in diesem Moment kam er wieder in mein Sichtfeld und hob entschuldigend die Arme, als wollte er sagen: »Sorry, keine Chance.« Was er dann auch sagte, als er schließlich vor uns stand.

»Die blockieren da komplett.«

»Sag ich doch.«

»Wer ist er?«, frage Reinhold.

»Einer aus dem Heim. Er sagt, dass er Verena für zwanzig Euro rausholt.«

»Lass mal ziehen.«

Reinhold streckt seine Hand aus und Fratze drückte ihm den Joint rein. Er nahm ein paar Züge, dann nickte er.

»Einer, der sein Kraut teilt, klaut nicht. Hast du zwanzig Euro?«

Die Logik erschloss sich mir zwar nicht, schon allein wegen des Begriffs *Beschaffungskriminalität*, aber ich holte meinen Geldbeutel aus der Tasche und zog einen Schein raus. Fratze grinste und nahm ihn.

»Haut ihr ab?«

Reinhold nickte wieder.

»Nach Holland?«

Kopfschütteln.

»Schade. Da wär ich sofort mitgekommen.«

»Wärst du nicht«, sagte Reinhold. Fratze lachte und hob die Schultern. Dann ging er, und für die nächste Stunde passierte einfach mal gar nichts. Reinhold sah inzwischen alle paar Minuten auf die Uhr. Er wirkte genervt und wollte sicher los. Ich war drauf und dran, ihn zu bitten, wenigstens noch bis zum Abend zu warten, als ich von einer fremden Nummer eine Message bekam: »Handy weg, Laptop kaputt. Treffen in einer Stunde. Waldweg an der Kreuzung. Einbiegen neben Tankstelle. xxV PS: Nicht mein Handy«

Das klang zwar überhaupt nicht nach Verena, aber das behielt ich für mich. Die Nachricht war mein Strohhalm, denn unsere Reise hatte begonnen. Ich könnte jetzt nicht mehr zu Reinhold sagen, dass ich aussteige, weil für ihn das Ziel klar war. Schon allein, ihn davon abzuhalten, in seinem Audi an einem Baum zu zerschellen, war meins. Und ich musste gleichzeitig Verena vor sich selbst schützen.

Doch Reinhold war auch skeptisch. »Könnte sein, dass dieser kleine Kiffer uns nicht nur um die zwanzig Euro linken will, sondern uns jetzt auch noch verarscht.«

»Du hast doch vorhin noch gesagt, dass der nicht klaut.«

»Kann mich ja geirrt haben.«

»Und woher soll er meine Nummer haben?«

»Stimmt auch wieder.«

»Wobei er Verenas Handy gezogen haben und 'ne neue SIM reingesteckt haben könnte. Was auch erklären würde, warum sie die ganze Zeit nicht antwortet«, sagte ich und wollte mich dafür am liebsten in den Arsch treten. Wie mein Vater mir schon so oft vorgeworfen hatte, *torpedierte* ich mal wieder *mein eigentliches Ziel*.

»Und dass er einfach so zu dir eingestiegen ist«, ergänzte Reinhold. »Der hat auf uns gewartet.«

»Er wollte 'ne Runde mit dem Wagen fahren.«

»Vielleicht hat er inzwischen ein paar Freunde informiert, und die haben es jetzt auf mein Auto abgesehen.«

»Reinhold, das war doch keiner, der ein Auto klaut. Handy, klar. Aber nicht dein Baby.«

»Trotzdem werde ich nicht in einen Waldweg fahren. Das ist als Treffpunkt total ungeeignet«, hielt er dagegen. »Robin Hood hat auch immer im Wald auf seine Opfer gewartet.«

»Ja, aber Robin Hood war ein Guter. Der hätte sicher keine Gebrauchtwagen von Jugendlichen geklaut.«

»Ey, weißt du, was der Wagen wert ist?! Wenn Robin Hood den gesehen hätte, wäre der sogar aus seinem scheiß Sherlock Forest gekrochen, um meinen Audi zu scoren! Der hätte alles dafür getan, um einmal-«

»Schon okay! Ich mein nicht dein Auto, sondern uns. Der hätte uns wegen deiner geilen lila Bestie angehalten, klar. Aber dann hätte er gecheckt, dass wir nicht die Reichen sind, die er ausrauben will, um die Armen zu füttern.«

»Wie gesagt, ich hab für den A3 ordentlich gelöhnt. Ich glaub schon, dass Robin Hood den gewollt hätte.«

»Gut, von mir aus. Und jetzt Schluss mit Robin Hood.«

»Du hast doch mit dem angefangen.«

»Stimmt nicht, aber egal. Vergiss ihn. Stell dir einfach vor, dass Verena irgendwo hinten vom Heimgelände schleichen muss, weil sie Schiss hat, dass sie von einem Lehrer oder was die da haben, gesehen wird.«

Reinhold ließ diesen Gedanken sacken und nickte schließlich. Das machte mich ein bisschen stolz, weil es bedeutete, dass er mich ernst nahm und meine Argumente abwog. Das war ich nicht gewohnt. Zuhause schon mal gar nicht, weil ich von Mama immer wie ein Kind behandelt wurde und von meinem Vater wie ein Idiot. In der Schule und so lief es auch nicht anders, weil ich in allem mehr so mittel war, selbst wenn ich mich wirklich anstrengte. Ich war davon ausgegangen, dass es mich nicht weiter störte, so gut wie nie Anerkennung zu finden, aber in diesem Moment spürte ich, dass dem wohl doch so war, wenigstens unbewusst oder unterbewusst. Nicht mal das kann ich genau unterscheiden.

Reinholds komisches Bauchgefühl musste ich ihm aber genauso nachsehen: Er wollte halt nicht blind in eine Falle tappen. Dazu hatten wir beide noch nie mit Heimkindern zu tun gehabt, jedenfalls nicht bewusst, und wussten daher nicht, zu was sie fähig waren. Zu verlieren hatte sie auf jeden Fall weniger als wir. Heim oder JVA, so groß konnte der Unterschied nicht sein. Obwohl, Fratze war frei rumgelaufen. Vielleicht war er in Wirklichkeit gar kein Heimkind, sondern nur einer aus dem Kaff. Bloß, würde das bedeuten, dass er zu Krasserem fähig war oder eher nicht?

Reinhold fuhr bis zur zuen Tankstelle und stieg aus, um die Umgebung und den Weg dahinter auszuchecken. Ich blieb drinnen, weil man eigentlich auch so alles sehen konnte: Neben der Tanke führte ein Feldweg in einer großen, langen Kurve zu einem Waldstück, in das man nicht reinsehen konnte, da der Waldrand mit Büschen und Gestrüpp zugewachsen war. Nur wo der Weg ins Gehölz führte, war eine Öffnung im Dickicht.

Reinhold setzte sich wieder ans Steuer.

»Das ist ultra spooky.«

Und obwohl mir das auch ein bisschen so vorkam, musste ich auf einmal laut loslachen. Reinhold sah mich irritiert an.

»Was denn nu?«

»Bei mir im Kopf geht's die ganze Zeit ab: Fratze in so grünen Klamotten mit 'nem Hut auf dem Kopf. Und am besten noch mit Pfeil und Bogen unterm Arm.«

»Wer ist Fratze?«

»Der kleine Kiffer, vor dem du dich grade einpullerst.«

»Ey, ich puller mich nicht vor dem ein, sondern vor der Möglichkeit, dass der ein paar Kumpels hat, die ein bisschen härter drauf sind.«

»Und ich sag dir: Wir machen uns Sorgen um was, das mit allergrößter Wahrscheinlichkeit nicht eintritt. Wie das die meisten Menschen ihr ganzes Leben lang machen. Angst, dass das Flugzeug abstürzt, dass man überfallen oder vom Blitz getroffen wird und so. Gleichzeitig kann man sich aber auch vorstellen, dass man im Lotto den Jackpot knackt. Das ist doch alles total gaga.«

»Du hast zu viele Psychosachen gelesen.«

»Aber ich hab recht. Das ist eine fiktive Angst. Und die besiegt man, indem man sich eben nicht ausmalt, wie Fratze einen auf GTA4 macht, sondern wie Verena zwischen den Bäumen hervortritt und zu uns ins Auto steigt.«

Reinhold nickte stumm. Dann wendete er das Auto und fuhr rückwärts in den kleinen Weg.

»Damit ich einfach Gas geben kann und weiß, wo ich rauskomme«, erklärte er. »Und jetzt Schluss mit dem Psychozei-Scheiß.«

Psychozei war unsere Bezeichnung für die Psychologen und Pädagogen, die immer wieder versuchten, ins Forum zu kommen und wertvolle Tipps zu geben. Die meisten arbeiteten sicher an Studien mit Titeln wie *Suizid-Foren: Der junge Werther im 21ten Jahrhundert*, um sich einen Namen zu machen, ohne irgendwem geholfen zu haben. Manche schrieben den Admin, also Reinhold, sogar mit der Bitte an, eine Umfrage bei uns machen zu dürfen. Um bei einer Absage zu versuchen, die ganze Plattform schließen zu lassen, vergeblich natürlich, weil West Samoa einen Dreck drauf gab, was die deutsche Psychozei wollte. Jedenfalls laichten die gerne so Sachen ab wie *10 Tipps, wie du aufhörst, dir Sorgen machen zu müssen* und ähnlichen Käse. Ich war wahrscheinlich der Einzige, der sich das immer durchlas. Und, ja, nicht alles, was drin stand, war total bescheuert. Unser ganzer Trip erfüllte eigentlich nichts anderes, als den darin jedes Mal erteilten Ratschlag: *Einfach machen.*

Was mich in dem Moment ein wenig kränkte, war Reinholds Vorwurf, das Psychozeug überhaupt gelesen zu haben, egal, ob es stimmte oder nicht. Ich hatte nie irgendwas in die Richtung ihm gegenüber wiederholt. Ein, zwei Mal bei anderen aus dem Forum, als die kurz davor waren, was Dummes zu tun, da schon, aber nur über PNs. Und es hatte geholfen, weil es von mir kam und nicht so psychozeimäßig formuliert war.

Am Waldrand hielt er nochmal an und blickte zu mir.

»Okay. Der Wagen bleibt hier und wir gehen zu Fuß da rein.«

»Ich hätte echt nicht gedacht, dass du so ein Schisser bist«, erwiderte ich – und traf damit den richtigen Nerv.

»Fick dich!«, sagte Reinhold und gab Gas. Wir schossen wie ein lila Zäpfchen in die Waldöffnung und kamen ein paar hundert Meter weiter tatsächlich an eine Kreuzung. Dort hielt er an und stellte den Motor ab.

»Wirst sehen«, sagte ich. »Gleich kommt Verena von rechts den Weg lang, und alles ist gut.«

Doch erstmal tat sich gar nichts. Wir ließen die Fenster runter und die frische Luft ins Auto. Irgendwo in den Bäumen zwitscherten Vögel, ab und zu raschelte irgendwas. Insgesamt war die Situation aber entspannt und beruhigte Reinhold offensichtlich.

»Rauchst du eigentlich?«, fragte er, nachdem wir fünf Minuten nur so gewartet hatten.

»Nee.«

»Ich auch nicht. Wollen wir anfangen?«

»Keine Ahnung.«

»Mir war das immer zu teuer. Aber jetzt müssen wir ja nicht mehr sparen.«

»Hast du welche?«

»Bei der Tankstelle war ein Automat.«

Ich musste das einen Moment sacken lassen. Weil ich ja nicht sagen konnte, dass wir es vielleicht doch irgendwann bereuen würden, mit dem Scheiß angefangen zu haben. Reinhold sollte schließlich weiterhin glauben, dass ich in Sachen Suizid mit an Bord war. Und total uncool fand ich Rauchen auch nicht. Bescheuert schon, wegen Krebs und so. Aber den bekam man ja nicht sofort.

»Gut, warum eigentlich nicht«, meinte ich. Bisschen Bewegung war mir auch recht, wir hockten schließlich schon fast den ganzen Tag im Audi.

»Ich check so lange, was heute im Forum los war«, sagte Reinhold und kramte Kleingeld aus der Mittelkonsole. Ich nahm das Geld und seinen Ausweis für die Altersprüfung am Automaten, und er zog einen Laptop aus der Tasche hinten am Fahrersitz.

Es war noch sehr warm, aber zumindest im Wald nicht mehr so drückend. Ich war seit Monaten nicht aus Frankfurt rausgekommen, also maximal bis Eschersheim zu meinem Vater. Aber selbst da war die Luft mit der hier nicht annähernd vergleichbar. Aus dem Schatten der Bäume roch es nach Moos, Holz und Erde, von der anderen Seite des Wegs mischte sich in kleinen Brisen immer wieder Heu dazu. So dunkel, wie der Wald von außen gewirkt hatte, war es gar nicht. Und von hier konnte man auch durch das Dickicht am Rand das angrenzende Feld sehen, auf dem frisch geschnittenes Gras in geraden Bahnen lag und wohl wartete, zu riesigen Plastik-Marshmallows aufgerollt zu werden. Überall summten und brummten Insekten, manchmal knackte was im Unterholz. Ich fand das alles in dem Moment total schön, und auch, dass ich nicht auf Asphalt ging, sondern bei jedem Schritt den Boden anders unter den Sohlen spürte. Und meine Kopfschmerzen, die mich seit zwei Jahren ständig begleiteten, waren auch wie weggeblasen.

Ich nahm mir vor, Verena und Reinhold auf solche Kleinigkeiten aufmerksam zu machen, und überlegte den Rest des Wegs, wie ich das anstellen könnte, ohne wie ein Ratgeber zur Suizidprävention zu klingen. In denen stand immer sowas wie: *Tauche mit all deinen Sinnen ins Jetzt ein und nimm die Welt um dich herum wahr, ohne über die Vergangenheit nachzudenken oder dich vor der Zukunft zu fürchten.*

Genau das tat ich gerade – aber ich würde nie auf die Idee kommen, es so abturnend zu formulieren. Begreifen Erwachsene halt nicht. Die bestellen sich auch lieber ein langweilig klingendes Blaubeer-Vanille-Eis als einfach eine Kugel Schlumpf, obwohl es, wenigstens in der Eisdiele bei meiner Mutter um die Ecke, fast identisch ist. Bei dem in Eschersheim nicht, da hieß Schlumpf aber auch Blauer Engel und schmeckte nach Kaugummi.

Weil ich so besinnlich am Tauchen war, brauchte ich knapp zehn Minuten bis zum Zigarettenautomaten und erkannte sofort, dass etwas an dem Gerät nicht stimmte. Die Frontseite hing leicht schief in den Scharnieren. Ich ging näher und sah, dass irgendwer die ganze Kiste aufgehebelt hatte. Gab wohl nicht viele Raucher im Ort, wenn das noch niemandem aufgefallen war. Oder der Zigarettenmafioso von Elendheim hatte gerade erst zugeschlagen. Weil weit und breit keine Menschenseele zu entdecken war, sah ich mir das Innenleben des Automaten genauer an. Technik fand ich schon immer faszinierend – und ich hatte die Kiste ja nicht kaputtgemacht.

Vorsichtig öffnete ich die Klappe. Alle Fächer waren leer. Bis auf das mit Ernte 23. Ich hätte einfach eine Packung rausnehmen und gehen können. Aber ich war kein Dieb. Also zählte ich sechs Euro ab, legte sie auf den Automaten und zog erst dann ein Päckchen raus.

»Hast du da echt grade Geld draufgelegt?«, fragte mich eine Stimme, die ich schon mal am Telefon gehört hatte. Es war Verenas. Ich drehte mich um. Natürlich hatte ich mich nicht geirrt, und sie war wirklich total hübsch. Allerdings dunkelhaarig, was mich irgendwie überraschte, weil ich sie mir immer blond vorgestellt hatte. Sie kräuselte ihre Stirn und zog die Wangen und die Oberlippe hoch, als würde sie innerlich »Hä?!« sagen, was eher merkwürdig ausschaute. Klar, sie wusste, wie ich aussah, seit ich das mit dem Videocall versucht hatte. Aber ihre Reaktion bedeutete, dass sie keine Ahnung von unserer Ankunft hatte.

»Kolja?«

»Hi«, erwiderte ich, noch immer total geflasht.

»What the fuck machst du hier?« Ihre grün-blauen Augen fixierten mich. Den etwas aggressiven Unterton musste ich ihr nachsehen. Immerhin hatte ich sie ausfindig gemacht, ohne zu wissen, ob sie das überhaupt wirklich wollte.

»Tut mir leid. Wir fahren los. Zum Plattensee. Aber ich glaub, dass Reinhold in Schwierigkeiten steckt.«

»Reinhold?«

»Ja. Wir sind mit seinem Audi gekommen.«

In dem Moment hörte ich den Motor und sah zum Wald, aus dem Reinhold mit Vollgas auf uns zugeschossen kam. Ich hatte keine Ahnung, was bei ihm gerade passiert war, ahnte aber, dass es jetzt schnell gehen musste.

»Hör zu: Wir haben das vor einer Woche beschlossen. Du hast nicht auf meine Nachrichten geantwortet. Deshalb waren wir in Mannheim. Bei der Adresse, die du mir gegeben hast. Tommy hat uns verraten, wo wir dich finden. Reinhold und ich, wir ... das wird alles so, wie wir das immer wollten. Bist du dabei?«

Verena war wie in Trance. Sie blickte zwischen mir und dem lila Blitz hin und her. Sie trug ein weißes Shirt, das nur mit Schnüren über der Schulter hing, Jeans und sowas Ähnliches wie Converse All Stars. Ich schaute wieder in ihr Gesicht, registrierte ihre kleinen Sommersprossen, und sah, wie es in ihr arbeitete. Verständlich, ich war ja die Vorhut eines Überfallkommandos.

»Ich glaub, du musst dich jetzt entscheiden.«

Da klickte es endlich bei ihr. »Ja. Klar. Bin dabei. Hab ich doch gesagt.«

»Wusste ich.«

»Aber ich hab nichts. Nicht mal meinen Ausweis.«

»Brauchst du nicht, das schaffen wir auch so.«

»Und kein Geld.«

»Hab ich genug.«

Sie krallte sich die Kohle vom Zigarettenautomaten und holte noch ein paar Schachteln Ernte raus.

»Trotzdem musst du's nicht zum Fenster rausschmeißen.«

Ich strahlte. Vor allem, weil sich ihre Gesichtsmuskeln entspannten und ich endlich ganz klar wusste, dass sie das schönste Mädchen der Welt war. Also in meinen Augen. Da bremste Reinhold mit schottermalmenden Reifen neben uns, und ich sah im gleichen Augenblick ein Motorrad aus dem Wald preschen. So eine kleine Cross-Maschine, die wie ein Schwarm wütender Hornissen klang.

Ich war blitzschnell auf dem Beifahrersitz, Verena kletterte hinten rein, Türen zu und los. Das Motorrad raste noch bis zum Ortsausgang hinter uns her, dann gab Reinhold richtig Gas und der Motorradfahrer auf. Ich wette, das war Fratze.

5

»Ich hab erstmal die Rückenlehne nach hinten gelassen, damit ich mich lang machen kann«, begann Reinhold und versuchte, den Sitz jetzt wieder in seine Idealposition zu bringen. Er war endlich vom Gas gegangen, was bei ihm bedeutete, dass wir nicht mehr mit hundertsiebzig, sondern nur noch hundertdreißig über die Landstraße rasten. Wir rauchten jeder eine Ernte 23, wobei ich nur paffte und froh war, dass er zur Sache kam. Bis jetzt hatte er nur immer wieder leise in sich hineingeflucht.

Er erzählte, dass er seinen Rechner auf den Schoß gestellt und eingeschaltet hatte, nur um zu sehen, dass der Akku so gut wie alle war. Das Teil hatte sich in einer Windows-Updateschleife verheddert und nicht mehr in den Standbymodus zurückgefunden. Also steckte er den Rechner an das viel zu kurze Kabel vom Zigarettenanzünder. Warum er kein längeres hatte, sollte wohl ein Rätsel bleiben. Wär das Erste gewesen, was ich gekauft hätte. Außerdem fragte ich mich, warum dieses Detail wichtig sein sollte. War es nicht.

Während Reinhold also überlegte, das ganze Forum einfach zu schließen, weil er es in Zukunft ja nicht mehr betreuen könnte, hörte er im Wald etwas knacken. Reh, dachte er erstmal, oder vielleicht ein Wildschwein. Aber sein Unterbewusstsein war von dem Moment an auf erhöhter Alarmbereitschaft. Beim nächsten Geräusch blickte er auf und sah sich um, konnte aber nichts entdecken. Als er sich wieder dem Rechner widmen wollte, nahm er aus dem linken Augenwinkel etwas im Außenspiegel wahr – und konnte bei genauerem Hinsehen einen Schatten auf dem Weg hinter dem Wagen erkennen. Natürlich dachte er, dass das Verena sein musste, öffnete die Tür und stieg aus. Dabei entdeckte er zwei Typen, die zwischen den Bäumen auf dem Boden kauerten. Danach wurde es, laut Reinhold, komplett matrixmäßig. Er wandte den Kopf nach links, um zu schauen, wer oder was den Schatten warf, während er zeitgleich zurück in den Wagen kletterte und registrierte, dass so fünfzig Meter weiter ein Motorrad an einem Baum lehnte und ein Typ mit Helm auf den Audi zu robbte. In dem Moment sprinteten die beiden Waldkauze los, um Reinhold zu attackieren. Es gelang ihm noch, die Tür hinter sich zuzuwerfen und zu verriegeln, was aber eigentlich Quatsch war, weil das Fenster offenstand.

»Aber das haben die Spacken erstmal gar nicht gecheckt und nur am Türgriff gezerrt. Der eine hat dann durchs Fenster gegriffen und mich am Ärmel gepackt. Dem hab ich ins Gesicht gespuckt und gebrüllt, dass ich AIDS hab, keine Ahnung, kam mir grad so«, fuhr Reinhold fort und lachte. »Der ist jedenfalls sofort weggezuckt und hat sich mit dem Ärmel das Gesicht abgewischt. Zum Glück ist mein Goldstück auch sofort angesprungen, und ich dann so: Vollgas und, ja, echt krass.«

Ich war schwer beeindruckt und konnte mir die Szene genau vorstellen. Reinhold erzählte zwar nie viel, aber wenn, dann so, dass man Kopfkino hatte. Ich zumindest. Während er redete, guckte er immer wieder in den Rückspiegel zu Verena. Ich war ziemlich neidisch, dass ich sie nicht so unauffällig ansehen konnte, sondern mich umdrehen musste, was unbequem war und bestimmt dämlich wirkte. Also ließ ich es und ärgerte mich, vorn eingestiegen zu sein.

Die nächsten Kilometer war erstmal Ruhe, obwohl ich zehntausend Fragen an Verena hatte. Allein schon die Geschichte mit ihren Eltern. Es wäre halt nur extrem indiskret gewesen, sie direkt darauf anzusprechen. Sie konnte ja ahnen, dass wir in ihrer alten Hood davon erfahren hatten. Also war es auch ihre Entscheidung, darüber zu sprechen oder nicht.

Ich starrte aus dem Seitenfenster. Die vorüberziehende Landschaft war öde.

Felder, Wiesen, Bäume,
ab und zu 'ne Scheune.
Hier 'ne Halle, da ein Haus,
so sieht's rund um Flörsheim aus.

Ich behielt den Reim für mich und versuchte, mir vorzustellen, wie Ungarn wohl aussah. War das genauso trist oder sogar noch schlimmer? Mit meinen Eltern bin ich meistens nach Italien oder Frankreich gefahren. Da gab es immer Burgen und Schlösser zu entdecken. Wobei, ein halbes Jahr vor der Scheidung waren wir auf Fuerteventura, die Insel, auf der sich jeder Landschaftsmaler nach zwei Bildern beruflich neu orientieren muss. Das war der

Urlaub im Robinson Club, wo ich mir ständig anhören durfte, dass das eine unserer teuersten Reisen überhaupt sei, und ich gefälligst an allen Aktivitäten teilnehmen soll. Ich habe nie mehr so viel Stress in meinem Leben gehabt, ehrlich. Zum Glück konnte man, statt beim Tennis oder Fußball gedemütigt zu werden, alibimäßig Einradfahren und Jonglieren üben und am Nachmittagsquiz teilnehmen, das war noch einigermaßen chillig. Nach der Scheidung war ich nur einmal mit Mama in der Türkei. Und die sah wieder komplett anders aus.

Während ich überlegte, mein Gedicht doch laut aufzusagen oder den anderen vom Cluburlaub zu erzählen, allein schon, um die Stille zu brechen, stieg Reinhold voll in die Eisen und fuhr rechts in einen Ackerweg.

»Habt ihr die Katze gesehen?«, fragte er aufgeregt.

»Welche Katze?«

»Na, die eben. Am Straßenrand.«

»Nee«, sagte Verena, und ich schüttelte den Kopf.

»Ich bin mir nicht sicher, ob die nicht vielleicht noch gelebt hat.«

»Stand sie denn oder lag sie auf der Seite?«, fragte ich.

Reinhold warf mir einen kurzen Blick zu, als wollte er sagen: »Alter, was ist denn bei dir kaputt?« Ich spürte, wie mir das Blut ins Gesicht schoss. Ich hasste es schon immer, rot zu werden, und hatte schon ewig recherchiert, ob sich das nicht unterdrücken lässt. Aber wenn die *aktiv dilatierenden beta-Fasern des Sympathikus* beschlossen, meine Visage in einen Pavianarsch zu verwandeln, konnte ich nichts dagegen machen.

»Ich hatte mal 'nen Kater«, sagte Reinhold. »Micha. Hat eigentlich unseren Nachbarn gehört, ist aber immer zu mir gekommen. Der ist innerhalb von zwei Jahren dreimal angefahren worden.«

Er blickte in den Rückspiegel zu Verena.

»Die Viecher können ganz schön was wegstecken.«

Er stieg aus, und ich auch, ahnend, was jetzt kommen würde: Aktion *Alles für die Katz*. Verena ließ ihr Fenster runter.

»Aber ihr holt die jetzt nicht, oder?«

»Warum?«, fragte Reinhold.

»Weil ich vielleicht 'ne Allergie hab?«

»Wie sieht die aus?«

»Meine Nase schwillt zu und ich muss niesen.«

»Deine Entscheidung«, erwiderte Reinhold, sah sich kurz um und packte einen faustgroßen Stein.

»Du willst die aber nicht erschlagen, oder?«

»Soll ich sie leiden lassen? Ey, Kinder ...«

»Sag noch einmal Kind zu mir und ich sorg dafür, dass dich in Zukunft alle Eunuch nennen«, gab Verena aus dem Wagen zurück. Ich lachte, weil das genau der Ton war, den ich von ihr kannte. Offenbar hatte sie sich innerlich von dem Heim verabschiedet und war endlich bei uns angekommen.

Auf der anderen Seite hatte Reinhold recht. Es gab nur zwei Möglichkeiten, falls das Tier noch am Leben war. Ebenso wusste ich, dass ich unfähig wäre, die krassere der beiden zu wählen, geschweige denn durchzuziehen. Sein vollkommen emotionsloser Umgang mit dem Dilemma war hingegen fast beängstigend.

»Vielleicht sollten wir erstmal gucken, was Sache ist, bevor wir uns über alles Weitere den Kopf zerbrechen«, schlug ich vor.

»Korrekt. Kommt.«

Verena zögerte einen Augenblick, schnaubte dann ihren Unmut in den Audi, stieg aus und ging mit uns am Rand des Ackers entlang in Richtung Unfallkatze. Ich bewunderte Reinhold ein bisschen dafür, dass er sofort die Initiative ergriffen hatte. Klar, das mit dem Erschlagen war hart, aber garantiert nur ein Bluff.

»Soll ich mal Tierärzte hier in der Gegend googeln?«, fragte ich und tat es, als keiner antwortete. Tatsächlich gab es eine Kleintierpraxis etwa zehn Kilometer weiter, an der wir so oder so vorbeifahren würden.

Wir stapften neben der Landstraße durchs Gras, immer wieder donnerten LKWs vorbei, deren Druckwelle uns erst aufs Feld drückte und dann unter ihre Räder ziehen wollte. Und das alles, um einer Katze den Totenschein auszustellen. Ich war drauf und dran vorzuschlagen, die ganze Mission abzubrechen, als wir sie hörten. Ein langgezogener, trauriger Schrei, der mir durch Mark und Bein ging. Dann sahen wir sie. Es war eine von diesen grau getigerten Katzen. Die Hinterbeine lagen flach ausgestreckt, mit den vorderen versuchte sie anscheinend, in unsere Richtung zu robben. Ihr Köpfchen hatte sie angehoben und sah wehklagend zu uns. Reinhold und ich rannten die letzten paar Meter zu ihr.

»Hey, Kleine«, flüsterte er. »Ganz ruhig. Wir helfen dir.«

Verena war hinter uns stehen geblieben und sah sich das alles mit Abstand an. Ich lächelte zu ihr rüber, doch sie schaute die Katze leicht angewidert an. Keine Ahnung, was in ihr vorging. Entweder malte sie sich aus, welche körperlichen Reaktionen sie im Auto haben würde. Oder sie hatte ein tiefsitzendes Katzentrauma. Konnte ja sein, dass ihre Mutter nicht das erste Lebewesen war, das ihr Vater vom Balkon geschmissen hatte.

Ich zog mein T-Shirt aus und reichte es Reinhold. In dem Augenblick war es mir egal, dass Verena mich mit bloßem Oberkörper sehen würde. Ich war *vollschlank*, wie meine Mutter immer sagte. Ich fand's selber nicht gerade schön, aber irgendwie hatte ich nicht die Disziplin, regelmäßig Sport zu machen oder meine Ernährung umzustellen. Außerdem wäre Verena bei Heidi Klum auch nur als Diversity-Girl mitgelaufen. Bei ihr fand ich das bisschen Mehr am Körper aber sehr sexy.

»Da kannst du sie einwickeln. Ich hab schon die Adresse von einem Tierarzt«, sagte ich zu Reinhold.

»Dir ist hoffentlich klar, dass das teuer werden könnte.«

»Ja, und? Wir können sie jetzt ja nicht umbringen. Und im Grunde wäre er doch verpflichtet, umsonst zu helfen, oder? Also so moralisch?«

Reinhold schnaubte verächtlich, nahm aber das Shirt und hob die Katze damit vorsichtig hoch. Wieder bebte der Boden, weil ein fetter Laster mit zwei Anhängern uns passierte.

»Ich hab keinen Bock, wegen so einem Vieh zu ersticken«, meinte Verena.

»Dann bleib halt hier«, erwiderte Reinhold kalt.

»Nee. Ich setz mich nach hinten, Verena macht vorne das Fenster auf und die Lüftung an, dann geht das schon.«

»Ja, gut, kann ich versuchen«, räumte Verena ein.

»Ich hab auch noch Coronamasken im Handschuhfach.«

Mein Herz schlug vor Aufregung schneller. Ich hatte nicht nur den ersten Konflikt in der Gruppe gelöst, sondern womöglich auch das erste Leben gerettet. Das hing natürlich noch davon ab, wie stark die Kleine verletzt war.

Was Verena anging: Es muss ja nicht jeder ein Tierfreund sein. Wobei mich ihre Gleichgültigkeit der Katze gegenüber schon etwas störte. Ihre ganze Art, seit wir sie abgeholt hatten, war irgendwie sehr distanziert. So als hätte sie niemals damit gerechnet, dass wir das wirklich machen würden. Es konnte aber auch bedeuten, dass sie viel näher bei mir und meinem Ziel war, als ich angenommen hatte. Sie hatte nie darüber gesprochen, warum sie ihrem Leben ein Ende setzen wollte, nur immer gesagt, weil halt. Vielleicht war ihr selbst das im Grunde egal.

Schweigend gingen wir zurück zum Auto. Nur die Katze maunzte immer wieder ihr Leid in die Welt. Das hörte auch nicht auf, als sie neben mir auf der Rückbank lag. Ich wagte es nicht, sie zu streicheln, weil ich ja nicht wusste, wo genau sie verletzt war. Verena hatte das Beifahrerfenster komplett runtergefahren, ich bekam den Fahrtwind ins Gesicht und ärgerte mich, dass ich nicht vor der Abfahrt ein neues Shirt aus meiner Tasche geholt hatte.

Die Tierärztin roch nach nassem Hund. Sie hieß Dr. Simone Wolf, war geschätzt knapp dreißig und offenbar der jüngste Spross einer Veterinärdynastie, denn am Empfang hingen Bilder von ihren Vorfahren und überall standen Geräte und Möbel aus den vergangenen Jahrzehnten oder Jahrhunderten. So wirklich Vertrauen schuf das aber nicht, weil ich mir nicht vorstellen konnte, dass sie den Beruf aus purer Leidenschaft gewählt hatte. Da musste auf jeden Fall Druck von den Eltern gekommen sein.

Bevor sie mit der Untersuchung begann, betonte sie nochmals unser großes Glück, dass sie überhaupt so spät noch in der Praxis war, dabei war es grade mal halb fünf. Das hatte sie mir schon am Telefon mitgeteilt. Da war sie auch nur rangegangen, weil sie auf den Rückruf eines anderen Tierhalters gewartet hatte. Ich war mir sicher, dass das alles mit dem intensiven Hundegeruch zusammenhing, und hoffte, dass der sich nicht in meinem frischen T-Shirt festsetzte. Ich hatte nämlich nur drei eingepackt.

Und unter normalen Umständen hätte sie uns auf jeden Fall nicht an einem Donnerstagnachmittag angenommen, der war nämlich für Operationen reserviert. Aber da wir ein fremdes Tier neben der Landstraße aufgelesen hatten und wohl schon alle Vierbeiner in der Umgebung kastriert oder sterilisiert waren, machte sie eine Ausnahme.

»Ich finde das echt toll von euch«, sagte sie mit Blick auf Reinhold, als wären wir eine Ausflugsgruppe aus dem Behindertenheim, und nahm die Katze an sich. »Die meisten fahren einfach vorbei.«

»Oder drüber«, meinte Verena, die sich einen Mundschutz angezogen hatte, um nicht allein im Auto warten zu müssen. Mich beschlich allerdings die ganze Zeit das unangenehme Gefühl, dass sie die Katze sterben sehen wollte. Als würde sie damit den Tod einladen, uns auf der Reise zu begleiten. Genau das konnte ich nicht zulassen.

Dr. Wolf scannte die Katze nach einem Chip, fand aber nichts. Was bedeutete, dass sie eine Streunerin war. Also, die Katze. Genauer gesagt, ein Streuner, weil es sich um einen Kater handelte, wie Dr. Wolf als Nächstes feststellte. Vermutlich von irgendeinem Hof, wo es gar nicht auffiel, wenn eine Samtpfote verschwand. Oder man sogar ein wenig erleichtert war.

»Dann kauf ich sie«, beschloss ich.

»Du kannst nichts kaufen, das niemandem gehört«, sagte Reinhold.

»Ja, ich meine, dann nehme ich sie halt.«

»Ihn«, meinte Verena.

»Das Problem ist«, übernahm wieder die Ärztin das Wort, »dass irgendwer für die Kosten aufkommen muss. Und so wie er daliegt, schätze ich mal, dass das rechte Hinterbein gebrochen ist. Und innere Verletzungen kann ich auch nicht ausschließen.«

»Wird das teuer?«

Verena schüttelte den Kopf: »Hast du zu viel Geld oder was?«

»Ich weiß ja noch nicht mal, was sowas kostet!«

»Außerdem können wir kein Haustier gebrauchen, wo wir hinfahren«, gab Reinhold zu bedenken.

»Wo geht's denn hin?«, fragte Dr. Wolf.

»Plattensee. Ihr Opa hat da ein Haus.«

»Habt ihr keine Schule?«

»Haben Sie 'ne Dienstmarke?«

Dr. Wolf fixierte Reinhold. Der hielt dem Blick stand, während ich spürte, wie meine ekkrinen Schweißdrüsen sich zur Arbeit meldeten. Stirn, Nacken, Hände. Die apokrinen würden in ein paar Minuten folgen. Mit sowas kannte ich mich als Schnellschwitzer aus. Mit Showdowns in Tierarztpraxen weniger.

»Dann machen wir's doch so: Wir retten jetzt den Kater und dann schauen wir mal«, schlug ich vor.

»Zwei Orte weiter gibt es ein Tierheim«, sagte Frau Dr. Wolf.

»Noch ein Umweg? Alter, so kommen wir nie nach Rumänien.«

»Ungarn«, korrigierte Verena.

»Ist doch egal.«

»Und was die Schule angeht«, erklärte ich der Ärztin, »wir haben alle schon Real gemacht. Muss ja nicht jeder auf die Uni und Tierarzt werden, oder?«

Ich verzichtete absichtlich darauf, Ärztin zu sagen, aber Dr. Wolf lächelte das einfach weg und wandte sich wieder der Behandlung zu. Sie tastete den Körper ab, dann schickte sie uns raus, um Röntgenbilder zu machen. War mir recht. Endlich bisschen Abstand von ihrem Hundemief.

6

Reinhold hatte sich erstmal vor die Tür verabschiedet, um eine zu rauchen. So langsam fragte ich mich, ob er wirklich erst jetzt damit anfing. Obwohl ich mal gelesen hatte, dass Nikotin wie Heroin wirkt, also in Sachen abhängig machen. Oder dass es dieselben Rezeptoren anspricht. Weiß nicht mehr so genau. Aber es könnte erklären, warum Reinhold schon nach der ersten Kippe süchtig war.

Ich fand es auf jeden Fall bestens, weil ich mit Verena allein sein konnte. Wir standen vor einer Wand, an der lauter verschiedene Scheren, Spreizer und Spritzen hingen. Ein kleiner, mit Schreibmaschine getippter Aufkleber wies in verblassenden Buchstaben darauf hin, dass es sich um den Inhalt eines Tierarztkoffers aus dem Jahr 1912 handelte. Das Alter des Schildchens ließ den Rückschluss zu, dass es nicht die Idee von Frau Dr. Wolf gewesen war, das Altmetall an die Wand zu nageln.

»Wolltest du auch mal Tierärztin werden?«, fragte ich Verena. Sie schüttelte den Kopf.

»Was ist denn los?«

Sie stöhnte nur genervt.

»Hab ich irgendwas falsch gemacht? Oder was Verkehrtes gesagt?«

»Nein.«

»Wenn es das ist, dass wir in Mannheim waren und da mit Tommy und eurer Nachbarin gesprochen haben, dann-«

»Ihr habt mit Frau Polger gesprochen?!«

»Keine Ahnung, wie die hieß.«

»Hat sie die ganze Zeit geraucht?«

Ich nickte.

»Dann war's die Polger-Bitch.«

»Tut mir leid. Konnten wir ja nicht wissen. Aber ein Doppelname stand sicher nicht auf dem Klingelschild, das hätt ich mir gemerkt.«

Keine Ahnung, warum ich immer in mittelmäßigen Humor flüchtete, wenn mir was peinlich war oder ich mir Sorgen machte. Als könnte ich mir die Welt schön kalauern. Wobei es oft half. Wie jetzt. Denn der Hauch eines Lächelns legte sich auf Verenas Gesichtszüge. Nur die Augen hielten an ihrer Grundgenervtheit fest.

»Dann weißt du jetzt ja alles über mich.«

»Das ist bestimmt nicht alles.«

»Aber du weißt, was mit meiner Mutter passiert ist. Und dass mein Vater im Knast sitzt. Hätte ich dir schon irgendwann erzählt.«

»Aber mich interessiert viel mehr, keine Ahnung, was du machst, wenn du nicht einschlafen kannst. Oder ob du Nutella mit oder ohne Butter isst. Und, was weiß ich, ob du 'ne Katzenallergie hast. Oder zwei.«

Sie schien ein wenig aufzutauen. Zumindest sah sie nun wesentlich freundlicher aus.

»Ja. Hab ich.«

»Und ist das Grund, warum du so kacke drauf bist?«

»Nee. Das ist ... ich dachte einfach nicht, dass ihr das ernst meint. Dass ihr mich wirklich abholen würdet.«

Ich konnte mir ein Lächeln nicht verkneifen. Denn ich war so erleichtert wie noch nie in meinem Leben. Sie hatte, davon war ich in diesem Moment überzeugt, nie vorgehabt, tatsächlich zu springen. Und das, obwohl sie einen riesigen Haufen Scheiße hinter sich lassen würde.

»Ich hätte nie gedacht, dass mein einziger Wunsch auf dieser Welt in Erfüllung gehen würde. Weil mein Opa hat den Kontakt zu mir abgebrochen, als ich gegen Papa ausgesagt habe. Und ohne irgendeinen Brief von ihm oder so hätten die mich niemals alleine an den Balaton fahren lassen. Klar, ich hab schon auf ein Zugticket gespart, aber da ohne Begleitung hin, keine Ahnung. Hätte mir vielleicht der Mut gefehlt. Und ein anderer Ort, nee, es muss der Hegyestű sein.«

Ich musste kämpfen, um das Lächeln im Gesicht zu halten, da alles in mir zusammensackte. Es war, als hätte ich einen Luftballon mit meiner Hoffnung gefüllt und sie ihn mir vom Mund weggeschlagen. Jetzt zischte er knatternd durch den Raum, flog durchs Fenster und würde irgendwo im Dreck landen.

»Tut mir leid«, sagte ich.

»Dass ich eigentlich total happy bin, dass ihr gekommen seid?«

»Nein, was in deinem Leben passiert ist.«

»Hast ja nichts damit zu tun gehabt. Außerdem bist du mein Retter. Mein Prinz, der in einer lila Proletenkutsche gekommen ist, um mich zu erlösen. Da muss dir gar nichts leidtun. Ich bin echt froh. Aber das musste wohl erstmal bei mir ankommen.«

Zum Glück kam Reinhold vom Rauchen zurück, weil sich bei mir ein fieser Kloß im Hals gebildet hatte. Was, wenn ich die Reise niemals vorgeschlagen hätte?

»Ich hab nachgedacht«, riss mich Reinhold aus den Gedanken. »Wir können nicht die ganze Fahrt die Fenster aufhaben. Am besten ist, wenn wir einfach abzischen. Soll doch die Ärztin entscheiden, was mit Mogli passiert.«

»Mogli?«, fragte ich.

»Kannst sie auch Horst nennen.«

»Ne Katze können wir wirklich nicht brauchen«, mischte sich nun Verena ein.

»Horst ist ein Kater. Und der kommt dann ins Tierheim. Und das ist total scheiße.«

»Du nennst ihn jetzt nicht im Ernst Horst?«

Wenigstens Verena musste lachen. Es war das Lachen, das ich von ihr kannte.

In dem Moment trat Frau Dr. Wolf aus dem Behandlungsraum. Sie sah ernst aus und sagte, wir sollten in ihr Zimmer kommen. Damit meinte sie ein Sprechzimmer, in dem sicher schon ihre Vorfahren gesessen hatten. Es war mit dunklem Holz vertäfelt, und an einer Wand hing ein Gemälde, das einen alten Mann mit einer Schürze neben einem Pferd zeigte. Würde man es woanders sehen, könnte man ihn auch für einen Abdecker halten. Hier hingegen war klar: Dr. Wolf der Erste, schätzungsweise der Urgroßvater unserer Tierärztin, deren Hundemuff jetzt vom schweren Aroma von Staub und sowas wie Schuhcreme übertüncht wurde. Wahrscheinlich war es Holzpolitur.

Frau Dr. Wolf setzte sich an den massiven Schreibtisch und bedeutete uns, auf den Stühlen gegenüber Platz zu nehmen. Dann legte sie eine übertrieben ernste Miene auf und erklärte, dass unser Kater auch innere Blutungen habe. Und dass sie uns nichts versprechen könne. Ich fand, sie klang dabei wie der Chef von der Mercedeswerkstatt, wo mein Vater immer die Inspektionen machen ließ.

»Und was genau soll das heißen?«, fragte Reinhold.

»Das heißt, dass wir uns auch mit der Frage auseinandersetzen sollten, ob es Sinn macht, ihn noch länger leiden zu lassen.«

»Sie wollen Horst einschläfern?« Ich konnte nicht glauben, wie schnell aus dem rettenden Engel ein Henker geworden war.

»Momentan hat ... Horst?«

»Er heißt nicht Horst«, warf Verena ein.

»Mogli«, ergänzte Reinhold, und damit war das für ihn wohl in Stein gemeißelt.

»Gut. Also, Mogli hat starke Schmerzen. Die meisten Tiere zeigen das nicht so wie wir Menschen.«

»Das ist uns schon klar«, antwortete Verena.

»Die Frage ist, ob für Mogli jemals wieder ein Leben möglich sein wird, das schmerzfrei und, ja, nach unserem Verständnis lebenswürdig ist.«

»Und deswegen wollen Sie ihn einfach töten? Weil Ihr Verständnis nicht ausreicht, dass jemand auch trotz Schmerzen weiterleben wollen könnte«, fragte ich, weil mich das extrem wütend machte. Ich war unterwegs, um Leben zu retten. Und Mogli, der diesen Namen garantiert nicht behalten würde, war nun ein Teil meiner Gruppe.

»Also, ich kann's verstehen«, meinte Reinhold. Verena nickte zustimmend. War ja klar.

»Ob eine Katze weiterleben will oder nicht, ist irrelevant, weil sie diese Entscheidung gar nicht fällen kann. Katzen, wie eigentlich allen Tieren, fehlt die kognitive Fähigkeit, sich ihrer eigenen Sterblichkeit bewusst zu sein.

Deswegen begehen Tiere ja auch keinen Selbstmord, um es mal drastisch auszudrücken.«

»Bis auf Lemminge«, warf Reinhold ein.

»Das ist eine urbane Legende.«

»Ich verstehe langsam kein Wort mehr«, sagte Verena. »Und Mogli passt echt nicht zu Horst.«

»Aber Horst auch nicht«, erwiderte Reinhold.

Ich erklärte, dass die Lemming-Sache ein Fake von Disney war. Dass die für eine Doku die Tiere einfach ins Wasser geworfen hatten, um sie ersaufen zu lassen. Und Frau Dr. Wolf fügte noch hinzu, dass man sich ja fragen könnte, warum Tiere in Massenhaltung, also Hühner, Kühe oder auch Fische, sich in ihren schrecklichen Lebensumständen nicht einfach für den Exodus entschieden. Hat sie wirklich gesagt. Exodus.

Reinhold schien das mit den Lemmingen sehr zu beschäftigen, denn er wandte ein, die angeblichen Fake News von Disney könnten auch Fake News gegen Disney sein. Zum Glück sagte keiner was auf den Quatsch.

»Ich glaube, wir schweifen jetzt ab«, sagt Frau Dr. Wolf. »Und letztlich ist es eigentlich auch nicht eure Entscheidung. Ihr habt den Kater gefunden und hergebracht. Aber das war's dann auch.«

»Und wieso haben Sie dann vorhin gemeint, dass das alles sehr teuer werden kann?«

Mit dieser Bloßstellung hatte sie nicht gerechnet. Ich wollte eigentlich noch nachlegen, dass sie ihn interessanterweise auch plötzlich nicht mehr Mogli nannte. Aber sie kam mir zuvor: »Das war ein Fehler von mir. Natürlich müsst ihr nichts dafür zahlen, wenn ihr einen verletzten Kater bringt, damit ich ihn von seinem Leid erlösen kann.«

»Also geht's Ihnen um Ihr Geld?«, fragte ich.

»Kolja, hör mal auf. Was soll'n das? Du bist doch sonst nicht so aggro.«

»Aber ich finde das einfach scheiße. Wir wollten Horst-Mogli retten. Und da hieß es: Kostet leider. Und jetzt wird er für lau umgebracht? Ey, vielleicht hätte der seine Kräfte gesammelt und wäre irgendwie allein klargekommen. Aber nee, da kommen wir, bringen ihn zu Dr. Wolf und dann zack, Nadel rein und ab in den Müll.«

Ich bebte richtig. Und es war auch scheißegal, dass mir jetzt Tränen in die Augen schossen. Weil das waren Wuttränen, keine Heultränen. Verena nahm meine Hand und drückte sie. Bei jedem anderen hätte ich sie weggezogen. Aber ihre tat mir in dem Moment gut.

»Wollen wir vielleicht rausgehen und das Reinhold klären lassen? Er ist sowieso der Einzige, der volljährig ist und irgendwas entscheiden kann.«

Ich nickte. Reinhold wusste, wie wichtig mir das alles war. Er würde das Richtige tun. Ich wandte mich zur Tür, doch Frau Dr. Wolf sagte noch etwas, das ich nie vergessen würde: »Kolja, es tut mir leid. Es gibt einfach Verletzungen, die nicht mehr heilen. Die kann man nicht wegstecken oder sich schönreden. Horst-Mogli von einem Leben in Schmerzen zu befreien ist eine rationale Entscheidung. Emotional finde ich es genauso beschissen wie du.«

7

Wir schwiegen lange. Wir schwiegen durch Hessen, durch Baden-Württemberg und bis nach Bayern rein. Ich hatte diesmal nicht den Fehler begangen, mich auf den Beifahrersitz zu hocken, sondern saß neben Verena auf der Rückbank. Wir starrten beide aus unseren Fenstern. Und wer meint, da hätte ich genauso gut vorne sitzen können, hat keine Ahnung, wie das ist, wenn man jemanden richtig gut findet. Ich glaube nicht, dass sie Parfum oder so benutzte, war mir aber ganz sicher, ihren Geruch wahrnehmen zu können. Zwischendurch bereute ich, dass wir alle unsere Handys ausgeschaltet und die SIM-Karten aus dem Fenster geworfen hatten, um auf keinen Fall geortet werden zu können, sollte irgendwer auf die Idee kommen, uns aktiv zu vermissen.

Es war bald neun und noch immer hell draußen. Sommer war schon was Geiles. Nur traurig, dass Horst-Mogli ihn nicht mehr erleben würde. Den Doppelnamen fanden wir alle passend. Ich hatte mich die ersten Stunden gefragt, wie es wohl ausgegangen wäre, wenn wir einen anderen Tierarzt aufgesucht hätten. Einen oder eine, die es aus Idealismus geworden wäre, nicht, weil es Familientradition war. Vermutlich selbst schuld, wenn man beim Namen Wolf mit verletzten Tieren nicht stutzig wird.

Verenas »Zumindest haben wir's versucht« bei der Abfahrt hatte mir keinen Trost gespendet. Weil Versuchen ist nur ein hässlicher Vorort von Schaffen, in dem Verlierer wohnen. Eine der wenigen Weisheiten meines Vaters, die für mich Sinn ergaben. Zumindest hatte Reinhold das nötige Feingefühl, seine Kackmusik nicht anzumachen. Ich hätte gern gewusst, wie es in ihm aussah. Er hatte Horst-Mogli schließlich entdeckt und sofort angehalten. Bei ihm hatte sich also was geregt, so eine Art Lebensretteralarm. Als mir das bewusst wurde, kam mir die absurde Idee, dass ja auch er auf einer Mission sein konnte. Vielleicht hatte er das Forum nur gegründet, um vermeintlich verlorene Seelen wie mich und Verena mit auf eine Reise zu nehmen. Um uns davon zu überzeugen, dass Suizid eben keine Lösung war, wenn einen in einer Kackphase der Lebensmut verließ. Ich malte mir aus, wie wir morgen oder übermorgen am Plattensee sitzen würden, vielleicht neben einem Feuer. Und er dann ganz subtil mit seiner Überzeugungsarbeit beginnen würde. Klar, ich würde erstmal so tun, als wäre meine Entscheidung in Stein gemeißelt. Aber halt nur, um Verena dadurch auf Reinholds Seite zu bewegen. Und um mich schließlich doch von ihrer neu gewonnenen Lebensfreude anstecken zu lassen. Ich grinste über die Gegenfahrbahn ins Land und betete, dass es genau so laufen würde.

»Laut Navi noch sechseinhalb Stunden. Sollen wir irgendwo pennen oder passt das für euch, wenn ich einschlafe und wir halt ohne Vulkan und so draufgehen?«

»Wo sollen wir denn hier übernachten?«, wollte Verena wissen.

»Keine Ahnung. In zwei Kilometern kommt Legoland. Da gibt's bestimmt Zimmer.«

»Ja, und Kinder«, warf sie ein, und es klang so, als wären für sie Kinder das Abscheulichste der Welt.

»Mir reicht auch 'ne Tanke«, sagte Reinhold. »Paar Stunden Sitz hinter, dann ein, zwei Red Bulls, und wir fliegen den Rest.«

Und so hielten wir wenig später an einem Rastplatz. Doch an Schlaf war für mich nicht zu denken. Ich wurde aus Reinhold einfach nicht schlau. Mal war er total nett, dann wieder ein kompletter Macho. Und wie zum Geier war er auf Mogli gekommen? Ich meine, dass ich das Dschungelbuch gesehen habe, war hundert Jahre her. Guckte der sowas noch immer? Oder hatte es ihn so beeindruckt, dass er den Namen nicht vergessen konnte? Blöde Fragen wahrscheinlich.

Jetzt pennte er jedenfalls. Verena hatte den Beifahrersitz bezogen und dämmerte ebenfalls vor sich hin. Also stieg ich aus, um mir ein wenig die Beine zu vertreten, wie mein Vater das immer nannte. Was der wohl gerade machte? Außer denken, dass ich bei Mama war, die wiederum davon ausging, dass ich bei ihm in meinem Zimmer schlafen würde. Das war der Vorteil, wenn sich die Eltern bei der Scheidung dermaßen verkrachten, dass sie nur noch über ihre Anwälte kommunizierten: Ich konnte im Grunde immer verschwinden, ohne dass es wem auffiel. Wichtig war nur, dass ich mich am Sonntagabend wieder blicken ließ.

Viel zu sehen gab es an dem Euro Rastpark nicht. Wer Hunger hatte, konnte zu McD, ein paar Meter weiter war Subway, und dann gab es noch den Pfannenwirt. Das klang wenigstens nach normalem Essen, auch wenn ich ihn so unmittelbar an der Autobahn eher Pannenwirt genannt hätte.

Der Restaurantbereich war direkt mit dem Tankstellenshop verbunden, was dafür sorgte, dass es dort nach Bratensauce und Frittenfett roch, während man beim Essen ständig das Gewusel im Shop mitbekam. Ich musste grinsen, weil so beide Seiten durchgehend das Schlechteste der anderen abbekamen.

Die Sandwichs im Bistro-Bereich sahen recht ordentlich aus, für meinen Geschmack aber ein bisschen zu identisch. Das Salatbuffet konnte mich mit seinem Charme eines Indoor-Komposthaufens auch nicht für sich gewinnen. Die servierten Speisen auf den Tischen der Gäste wirkten jedoch ordentlich. Vor allem die Schnitzel sahen okay aus, und mit Pommes konnte man nicht allzu viel falsch machen.

Kurz darauf brachte mir ein so mittel gelaunter Kellner meinen Teller, und ich schob mir den ersten Bissen in den Mund, als ein Fremder mit einem randvoll beladenen Teller von der Salattheke in der Hand fragte, ob bei mir noch frei sei. Verstand ich nicht, weil es viele leere Tische gab. Doch mein »Ja, aber« unterbrach er mit einem »Freut mich« und setzte sich einfach. Der Mann musste so irgendwas zwischen vierzig und fünfzig sein. Er trug ein kariertes Flanellhemd, weshalb ich ihn sofort als Trucker einsortierte.

»Keine Sorge, übrigens. Ich steh nicht auf Jungs. Wollte nur bisschen mit jemandem quatschen. Wenn du keine Lust hast, kein Thema.«

»Na, dann ...«, erwiderte ich und dachte, es wäre klar, dass ich mich auf seinen letzten Satz bezog. Kam wohl nicht so rüber.

»Wie schön. Weißte, den ganzen Tag alleine im Laster, das geht an die Substanz.«

Ich schwieg, weil mir echt nicht nach Reden war, schon gar nicht mit dem.

»Ich dachte in deinem Alter auch, dass man als Trucker King of the Road is. Denkste. War früher vielleicht mal so, aber heute bist du der Arsch auf Achse. Stand letzte Woche drei Tage am Brenner mit Obst hinten drin. Erklär das mal dem Kunden.«

Wieso auch? Ich hatte noch nie einen Gedanken an Trucker verschwendet. Und das Letzte, was ich mir je gedacht hätte, war, dass sie Kings wären. Weil ich mir gut vorstellen konnte, wie gammlig das sein musste. Und es gab ja auch genug widerliche Geschichten über diese Typen, die sich Jungs in meinem Alter erzählten, und die alle mit Selbstbefriedigung hinterm Steuer zu tun hatten. Trucker waren für mich eher die Gollums of the Road.

Das mit dem Brenner verstand ich zudem nicht, klar, dass er die Autobahn nach Italien meinte, aber warum er da drei Tage gestanden hatte, war mir schleierhaft. Ich zuckte einfach mit den Schultern und konzentrierte mich auf mein Schnitzel.

»Jetzt geht's nach Prag. Gute Tour. Hab 'ne Freundin da. Also nicht, was du jetzt denkst. Diese ganze Armutsprostitution und so, ganz schlimm. Mach ich nicht, sowas. Nee, is 'ne Bekannte. War früher 'ne Nachbarin von uns. Ist dann aber während Corona wieder zurück, um bei ihren Eltern zu sein. Tja, hat's beide erwischt. Schlimm. Ganz schlimm. Aber sie hat ein Haus geerbt, der Vater hatte auch bisschen Geld auf die Seite geschafft, jetzt muss sie nicht mehr zurück. Hat bei Ford geputzt. Hat nie geklagt, aber ich denke mal, da kann sie gut drauf verzichten.« Er lachte glucksend in sich hinein. »Bei der kann ich immer übernachten. Im Gästezimmer, nicht, was du denkst.«

Ich dachte gar nichts. Und selbst wenn sich ein Gedanken durch meinen Kopf verirrt hätte, in dem er mit irgendeiner ehemaligen Nachbarin im Bett war, könnte mir kaum etwas egaler sein. Der konnte bumsen und machen, was und mit wem er wollte. Ich legte einfach einen Zahn in Sachen Schnitzelmampfen zu, um das Gespräch möglichst bald beenden zu können.

»Jetzt denkst du wahrscheinlich, was redet der? Was will der von mir? Ja, nee, versteh ich. Das Ding ist ... ich hatte mal einen Jungen. War so in deinem Alter. Also, am Anfang natürlich nicht. Da war er natürlich noch 'n Baby. Ein richtiger Sonnenschein.«

Wieder das Glucksen. Und bei mir drei Fragezeichen im Brain. Er hatte mal einen Jungen? War er also doch ein Pädo?

»Aber dann wurde alles schwarz. Manisch-depressiv, hat ein Arzt gesagt. Und dass er damit sein Leben lang zu kämpfen haben würde. Hat er ihm gesagt, als er grade ganz schlimm in der Depression war. Was für 'n Arschloch, oder?«

Er meinte den Arzt, da war ich mir sicher. Und wahrscheinlich tatsächlich einen Sohn, den er mal hatte. Der jetzt tot war.

»Hätte ja auch sagen können: Das kriegen wir hin. Das können wir alles mit Medikamenten regulieren. So schlimm wie jetzt wird es nie wieder. Von mir aus hätte er auch lügen können. Aber nein, die dumme Sau sagt: Dein Leben wird immer wieder so beschissen sein wie jetzt. Wie ich das gehört hab, Junge, da ist mir aber sowas von der Nucki rausgeschossen!« Er wurde immer lauter. »Wenn ich den in dem Moment zwischen die Finger gekriegt hätte. Ganz schlimm! Ganz, ganz schlimm!«

»Das tut mir leid«, sagte ich schwach. Weil eigentlich hatte ich den Mund halten wollen, damit er merkt, wie unangenehm mir die Situation war. Ich wollte nur mein Schnitzel essen und nichts von seinen Bumsbekanntschaften in Prag und seinem toten Sohn hören.

»Muss es nicht. Dir doch nicht! Wenn er nur einen so anständigen Freund gehabt hätte wie dich, wäre das alles anders ausgegangen.«

»Aber Sie kennen mich doch gar nicht.«

»Das denkst du. Denkst sicher, was weiß der alte Trottel schon? Aber ich sag dir was: Ich sehe das. Du bist ein Guter. Du würdest das nicht zulassen.«

Ich hob stumm die Schultern, um sowas wie »wahrscheinlich« auszudrücken. Weil ich einfach mal davon ausging, dass sein Sohn sich das Leben genommen hatte. Und das hätte ich tatsächlich versucht zu verhindern. Nicht zugelassen, na ja, das klang bisschen übertrieben.

»Mensch, Peter, hast du wieder einen gefunden, den du zulabern kannst?«

Eine üppige Frau in einem sehr engen Metallica-Shirt war zu uns an den Tisch getreten. Hätte sie einen Hund bei sich gehabt, wäre es ein Mops gewesen. Ein Langhaarmops, der an einer Steckdose geleckt hatte.

»Ach, die Mandy«, sagte dieser Peter an meinem Tisch und grinste. »Ja, das ist ein Guter.«

»Schlimm, was der Peter durchgemacht hat, nicht?«, wandte Mandy sich an mich, und ich nickte, obwohl ich nicht mal wusste, was am Ende geschehen war. »Ich hol uns mal eine Runde Bierchen.«

Schon war sie wieder weg, und mir war schleierhaft, ob ich jetzt bleiben musste, weil sie auch für mich ein Bier bringen würde, oder gehen konnte, da mein Teller endlich leer war. Andererseits wollte ich schon noch erfahren, wie es mit Peters Sohn weiterging. Das war wie ein Elektrozaun: Eigentlich willst du nichts damit zu tun haben. Aber wenn du dich mal überwunden hast dranzufassen, fragst du dich plötzlich, was wohl passiert, wenn du dranpinkelst.

»Wie hieß er denn? Also, Ihr Sohn?«

»Frederick. Aber alle haben ihn Fredi genannt.«

»Und er ... also, er ist tot?«

Ein stummer Blick reichte als Antwort. Ich kaute auf meiner Unterlippe. Weil das war das Ende der Geschichte. Im Stillen betete ich, dass überraschend doch noch eine Wendung käme, eine Pointe. Und wenn es irgendwas wie »zumindest für mich ist er gestorben« wäre. Weil Fredi, keine Ahnung, sein wahres Geschlecht gefunden hatte, womit Peter nicht klarkam. Es war durchaus vorstellbar, dass sowas für einen Typen wie ihn schwierig wäre. Konnte mich andererseits auch irren und ihm hier Unrecht tun. Aber es kam nichts. Nur Metallica-Mandy mit drei Bier.

»So, ihr zwei Hübschen«, sagte sie, stellte die Getränke vor uns und hob ihr Glas zum Anstoßen. Ich war jetzt nicht so der Trinker, weil ich echt schnell blau und dann, wie beim Kiffen, immer sehr müde wurde, aber ein Bier war kein Thema. Unterschätzt hatte ich allerdings meinen Durst. Weil ich so doof gewesen war, das Schnitzel und die salzigen Pommes ohne ein Getränk zu bestellen. Ich gierte das Bier förmlich weg. Das Thema Sohn war leider vom Tisch. Peter und Mandy unterhielten sich jetzt über irgendwelche Kollegen oder gemeinsame Freunde aus Hünxe, wo sie wohl beide herkamen. Der Ort kam mir irgendwie bekannt vor, doch einordnen konnte ich ihn nicht. Auf jeden Fall war mir klar, dass ich als Zuhörer zum Glück überflüssig geworden war, weshalb ich mein leeres Glas abstellte und den Kellner an den Tisch winkte.

»Ich würde gerne zahlen.«

»Lass mal, Junge, das geht auf mich. Und noch eine Runde Bier«, warf Peter ein.

»Ja, nee, ich muss wirklich los. Meine Freunde sind draußen im Auto und-«

»Komm, die paar Minuten haste doch noch. Ist so nett, mal einen anständigen Jungen am Tisch zu haben.«

Und weil ich wirklich anständig war, blieb ich sitzen. Peter würde die Nacht hier am Rasthof verbringen und musste sich keine Sorgen um ein *halbes Promillchen* machen. Das Bier kam und war genauso schnell weg wie das erste. Allerdings fuhr mir der Alk plötzlich hart ein, und mir wurde ein bisschen schwummerig. Höchste Zeit zu verschwinden.

»Verträgst nicht viel, was?«, lachte Peter.

Ich fand die gesamte Situation mit einem Schlag extrem unangenehm. Ich hockte hier mit zwei komischen älteren Menschen in einer beschissenen Autobahnbutze und würde mich bald nicht mehr voll unter Kontrolle haben. Ich meine, wer in aller Welt füllt an so einem Ort einen Teenager ab? Das war echt nicht normal, oder?

Ich stand auf. Der Pfannenwirt wankte. Es gelang mir, einigermaßen zu artikulieren, dass ich mal schiffen müsse, worauf Peter sich ebenfalls erhob, weil er das eine gute Idee fand.

»Ich möchte aber nicht, dass Sie mitkommen«, sagte ich und schaute ihm in die Augen. Nahm wahr, wie sich in ihnen etwas veränderte. Sah aber nicht seine rechte Hand auf mein Gesicht zufliegen, sondern spürte nur, wie sie auf meiner Wange detonierte. Mein Kopf wurde zur Seite gepfeffert, Tränen schossen mir in die Augen, doch ich berappelte mich sofort wieder, drückte mein Kreuz durch und fixierte Peter. Schätze mal, dass mein Körper gerade mit Adrenalin geflutet wurde.

»Geht's noch?«

»Als ob ich dem in der Toilette an die Wäsche wollte! Hast du das gehört, Mandy?«

»Ach, Peterchen, lass doch. Das hat er doch nicht so gemeint.«

»Doch, hab ich«, antwortete ich. »Weil, wenn mich ein Wildfremder zum Essen einlädt, mir dann zwei Bier ausgibt und danach mit mir aufs Klo will, dann denk ich mir meinen Teil.«

»Du entschuldigst dich jetzt sofort bei mir oder-«

»Oder was?« Mein Herz raste, und ich hatte keine Ahnung, wo ich in dem Moment die Kraft und den Mut herholte, diesem Flanellträger die Stirn zu bieten. Weil so kannte ich mich gar nicht. »Wenn du mich noch einmal berührst, brüll ich den Laden zusammen. Dann kommen die Bullen, und die werden es bestimmt interessant finden, dass du hier einem Vierzehnjährigen Bier spendierst. Außerdem …«

Ich musste mich bremsen. Genauer gesagt, das Adrenalin, das komplett die Kontrolle übernommen hatte. Als Nächstes hätte ich nämlich seinen Sohn ins Spiel gebracht, dessen Schicksal mir noch immer nicht ganz klar war. Natürlich konnte ich mir denken, dass der sich auch gerne mal so eine gefangen hat. Aber das durfte ich auf keinen Fall sagen. Zum einen, weil ich dann sicher erst in ein, zwei Tagen in irgendeinem Krankenhaus in der Nähe wieder zu mir gekommen wäre. Zum anderen wusste er genau, dass ich es sagen wollte. Das schmerzte sicher viel mehr als meine Backe.

»Hau ab«, war alles, was er noch rausbrachte. Dann ließ er sich auf seinen Stuhl plumpsen und stierte wie aus der Welt gefallen vor sich hin. Irgendwann hat wohl jeder in seinem Leben diesen Moment, in dem klar wird, dass ein erschreckend großer Teil der Erwachsenen unfassbar dämlich und beschränkt ist. Das war meiner.

Verena lehnte am Audi und zündete sich eine Zigarette an. Sie rauchte sehr gut, schon allein, wie sie die Kippe hielt, war deutlich cooler als zum Beispiel bei Reinhold. Der hatte seine immer zwischen Daumen und Zeigefinger und steckte sich den Filter einen Tick zu weit in den Mund. Keine Ahnung, ob man im Osten anders rauchte, es sah jedenfalls süchtig und bisschen gewollt aus. Konnte man ihm aber bestimmt nicht sagen, weil er es dann auf sein Knautschigsein geschoben hätte. Andererseits war ich in Sachen Verena natürlich total voreingenommen, da ich alles an ihr toll fand.

»Wo warste?«, fragte sie.

»Hab was gegessen.«

»Du riechst nach Bier.«

»Mich hat einer eingeladen.«

Fragender Blick.

»Ist doch egal.«

»Und warum hast du so 'ne rote Backe?«

»Hab mich mit 'nem Trucker angelegt. War 'ne Kackidee.«

Das war das erste Mal, dass ich Verena laut lachen hörte. Sie wollte es mir nicht glauben, und hakte immer wieder nach, als ich ihr die Details erzählte. Natürlich hätte ich ihr in dem Augenblick auch eine komplett andere Story auftischen können, eine, in der ich deutlich mutiger und heldenhafter rübergekommen wäre, aber das hätte ich mit ziemlicher Sicherheit verkackt. Beziehungsweise hätte sie mich irgendwann durchschaut, und dann wäre die wahre Geschichte nicht mehr gut gewesen. So bestätigte sie am Schluss meine Theorie, dass es komplett irre gewesen wäre, mit dem potenziellen Pädo-Peter pullern zu gehen. Und ich musste über den Spitznamen lachen, den sie dem tristen Trucker verpasst hatte.

»Wer zur Hölle ist Pädo-Peter?«, fragte Reinhold durchs Autofenster. Verschlafen schaute er zu uns raus und öffnete sich einen Monster-Drink.

»Ein Typ, der Kolja abfüllen und dann aufs Klo begleiten wollte. Und ihm eine gewischt hat, als er gerade noch die Biege gemacht hat.«

»Und was wollt ihr jetzt unternehmen?«

»Nichts«, antwortete ich. »Der Typ hat eh schon ein Scheißleben. Hat er mir davor erzählt.«

»Gibt ihm kein Recht, das Leben von anderen auch zu versauen«, sagte Reinhold und stieg aus. »Wenn der Typ Jungs belästigt, wird er das auch weiter versuchen.«

»Er hat aber nichts gemacht. Kann auch sein, dass ich mich geirrt habe. Vielleicht wollte er echt nur pissen.«

Aber mein knautschiger Freund schüttelte den Kopf und erklärte, dass Kerlen wie Pädo-Peter klargemacht werden muss, was für Schweine sie sind. Zumal es schon reicht, wenn dieser Wichser nur ein Prügel-Peter ist, der fremde Kinder schlägt. Ich wollte einwenden, dass ich mich nicht mehr wirklich als Kind, sondern eher als, keine Ahnung, jungen Erwachsenen sehe, doch Reinhold war nicht mehr zu bremsen. Er exte seinen Energydrink, rülpste laut und forderte uns auf, ihm zu folgen. Dann stapfte er auf die Raststätte zu wie Frodo auf Mount Doom.

Am Eingang verlangte er von mir, ihm Peter zu zeigen. Ich wollte erst nicht, weil ich ja nicht wusste, was er vorhatte, aber Verena konnte ihn anhand meiner Beschreibung von Metallica-Mandy sofort ausmachen. Sie deutete auf ihn. Ich nickte. Reinhold lächelte, schlurfte dann ganz entspannt zur Kasse, nahm drei Snickers und noch irgendwas, sprach mit der Kassiererin und deutete auf Pädo-Prügel-Peter. Danach ging alles ganz schnell.

Reinhold marschierte zu ihm, zeigte ihm die Snickers, machte eine Kopfbewegung in meine Richtung, sagte noch irgendwas – und rammte dem vollkommen überraschten Verdachtspädo eine Gabel in die Schulter. Und zwar so, dass sie wie eine schiefe Antenne darin steckenblieb. Peter brüllte auf wie ein abgestochenes Schwein, was er ja auf gewisse Weise war, wenn auch mehr ein angestochenes, doch statt wegzurennen, gab ihm Reinhold noch einen auf die Zwölf. Erst dann fetzte mein heldenhafter Hobbit lachend an uns vorbei, und wir johlend hinterher.

8

Aufgewacht bin ich erst wieder, als wir mitten in der Nacht kurz hinter der ungarischen Grenze anhielten. Ich hatte mich neben Verena auf die Rückbank gepackt und noch einige Zeit über Peter nachgedacht. Und irgendwie war ich mir echt nicht sicher, ob mein schnelles Urteil richtig gewesen war. Er hatte schließlich auch Bier getrunken. Diese Gedanken hatte ich Reinhold noch mitgeteilt, der nur kurz in den Rückspiegel geguckt und gesagt hatte: »Dann musst du dir in Zukunft genauer überlegen, was du dem Freak erzählst.«

»Welchem Freak?«

»Netter Versuch.«

»Könnt ihr einfach mal die Fresse halten? Ich will schlafen«, kam es von Verena, und ich warf ihr einen dankbaren Blick zu, weil ich die ganze Gabelaktion am liebsten vergessen wollte. Aber sie hatte sich in meinen Gedanken festgebissen wie eine Zecke.

Ein Blick aus dem Fenster verriet mir, dass wir erneut an einem Rasthof standen. Dahinter färbte sich der Himmel orangerot, als wäre es die letzte Einkehr vor der Hölle. Der Betreiber wollte allen landesfremden Ankömmlingen offenbar ins Gesicht schreien, dass sie Europa, wie sie es kannten, verdammt nochmal verlassen hatten. Auf den Dachziegeln des Hauses prangte eine riesige Coca-Cola-Werbung, die Fensterfront war mit einer Folie beklebt, auf der anderes Zeug angepriesen wurde, und ein windiger Sonnenschirm, ebenfalls von Coke, lungerte windschief neben einem Aschenbecher auf der Terrasse. Das Bekloppteste war aber, dass auf allen Tischen Tischdecken lagen. Über dem Dach verrieten große Buchstaben auf blauen Leuchtkästen, dass es sich hier um ein Restaurant handelte, an der Fassade stand *Határ Étterem*, was wiederum alles Mögliche hätte bedeuten können. Hütte mit Essbarem, war für mich die naheliegendste Übersetzung, die ich den anderen beiden auch gleich mitteilte, was Verena laut auflachen ließ. Klar, wenn ihr Großvater hier eine Hütte hatte, war es nur logisch, dass mindestens ein Elternteil ungarische Wurzeln hatte, und sie die Sprache höchstwahrscheinlich beherrschte. Ich tippte auf ihren Vater Janko.

»Das heißt Grenzlokal. Oder Restaurant an der Grenze. Wir haben hier früher auch immer angehalten ...«

Mehr kam nicht, weil sie von ihrer Erinnerung eingeholt wurde. Ihr Blick wurde leicht glasig, und sie fragte nach einer Zigarette. Da die noch im Auto lagen, gab ihr Reinhold den Schlüssel und ging dann rein. Ich blieb bei Verena, obwohl ich echt keine Lust auf Rauchen hatte. Mein Mund war noch nachschlaftrocken, und überhaupt wollte ich unter keinen Umständen in den nächsten Tagen süchtig werden. Aber sie wollte gerade reden. Meine Blase signalisierte vehement, dass der Besuch einer Toilette gewünscht wurde. Trotzdem nahm ich mir eine Kippe, um Verena nicht grundlos zu belagern.

»Wenn wir nach Italien gefahren sind, ist mein Vater immer an der ersten Tanke raus, um einen Espresso zu trinken«, erzählte ich. »Weil er meinte, dass da der Urlaub für ihn erst beginnt.«

»Meiner hat sich hier immer Ćevapčići geholt«, antwortete sie und imitierte dann ihren Dad: »Bestes Ćevapčići der Welt, Verena. Musst du essen. Ich fand's allerdings immer maximal so mittel.«

Ich bildete mir ein, dass sie Ćevapčići anders aussprach als Deutsche. Weicher. Konnte natürlich auch nur meine Einbildung sein. Den ungarischen Akzent machte sie auch perfekt nach. Sie war einfach das coolste Mädchen der Welt, kein Witz.

»Hast du die Grenzkontrollen in die andere Richtung gesehen?«, fragte sie jetzt.

»Nee, da hab ich gepennt.«

»Typisch Österreicher. Die haben da fast immer dicht gemacht. Tja, gibt für mich wohl keinen Weg zurück ohne Ausweis. Aber das wollen wir ja sowieso nicht.«

Über ihr Gesicht huschte ein Mona-Lisa-mäßiges Lächeln, in dem Wehmut, Schmerz und eine gewisse Erleichterung lagen. Und ich lächelte zurück, weil sie offenbar für einen Augenblick über ein anderes Ende unserer Reise nachgedacht hatte. Eins ohne Tod.

Zwei Stunden später hielten wir in einer kleinen Straße in Badacsonytomaj vor dem merkwürdigsten Haus, das ich je gesehen hatte. Es sah aus, wie wenn man einem AI-Bildgenerator sagt, eine schlichte, unauffällige Hexenhütte zu kreieren. Die Front war so schmal, dass neben die Eingangstür gerade mal ein Fenster passte. Dafür war das Gebäude unproportional hoch und das Dach ungefähr doppelt so spitz wie bei normalen Häusern. Das Obergeschoss war ganz offensichtlich erst später auf einen bestehenden Bungalow aufgesetzt worden, da die Wandfarben nicht denselben Weißton hatten. Als wäre es zu viel verlangt gewesen, die paar Quadratmeter unten auch noch mal schnell neu zu streichen. Gut, dafür hätte man den Efeu entfernen müssen, der an einigen Stellen die Fassade hochrankte. Aber es hätte sich gelohnt.

Dass ein affenkackbrauner, schrottreifer Skoda S100 mit vergilbten Blumenaufklebern aus den 70ern im Vorgarten parkte, gab mir erst zu denken, als Verena fluchte: »A kurva életbe, bassza meg!« Hieß sicher sowas wie Fuck oder Scheiße. Dann sagte sie, dass ihr beschissener Opa ausgerechnet jetzt da sei, der alte Wichser, segglyuk, und so weiter.

Wir stiegen wieder ins Auto, und Verena lotste Reinhold zu der kleinen Bäckerei *Badacsony Pékség*, um zu frühstücken und die Lage zu besprechen. Gleich daneben war ein winziger Laden mit Haushaltszeug, schräg gegenüber ein Supermärktchen, das sehr offensiv mit seiner Größe umging und Coop Mini hieß. Verena bestellte auf Ungarisch ein paar Croissants und irgendwelche Teigrollen mit Creme drin. Und ich schlug vor, noch so fertige kalte Milchkaffees zu holen und das alles dann am Strand zu vertilgen. Kam gut an.

Eine halbe Stunde später saßen wir auf einer Wiese, guckten über den Plattensee und staunten, wie gut das Frühstück war. Allerdings hatte ich ein komisches Gefühl im Bauch. Aus dem Autofenster hatte ich den hohen Berg gesehen, der direkt hinter der Ortschaft lag und mich gefragt, ob das der erloschene Vulkan war, von dem Verena mit uns springen wollte. Weil in dem Fall läge das Ende unseres Trips für meinen Geschmack etwas zu nahe. Und durch den blöden Opa auch zu sehr auf der Hand. Ein Gedanke, den

Reinhold offenbar teilte. »Gut, dann fahren wir nach dem Frühstück direkt zum Vulkan, oder?«

»Kannst es wohl kaum erwarten, was?«, entgegnete ich.

»Ja, wieso? Hast du noch große Pläne hier?«

»Ja, hab ich. Und die sind wichtig. Weil, also, wenn man stirbt, obwohl man noch was Dringendes zu erledigen hatte, wobei das eigentlich gar nicht dringend sein muss, sondern mehr so wichtig, also für einen selbst, dann bleibt man als Geist an dem Ort, wo man gestorben ist. Und ich hab keinen Bock, die nächsten Millionen Jahre an einem blöden erloschenen Vulkan rumzuspuken.«

Entweder hatte ich mich jetzt vollends zum Löffel gemacht, wie meine Mutter immer sagte, oder einfach Zeit gewonnen.

»Und was wäre das so Wichtiges?«, wollte Verena wissen.

»Wahrscheinlich ficken«, sagte Reinhold und lachte schmutzig. »Und genau das müssen wir verhindern. Weil wenn er einmal gefickt hat, will er wieder ficken und wieder und wieder ... und dann war's das mit unserem Abgang.«

»Fick dich«, war alles, was mir einfiel. »Es gibt vielleicht noch andere Dinge im Leben.«

»Allerdings. Sehr viele sogar. Und es gibt Ficken.«

Da musste selbst Verena lachen, obwohl ich gedacht hatte, dass sie das Thema so plump eher doof fand. Ich kicherte auch los, und das verband uns alle wieder.

»Dann sorgen wir dafür, dass Kolja fickt. Um die anderen Sachen kann er sich ja alleine kümmern«, fasste Verena zusammen. »Ich bleib jetzt erstmal hier liegen. Vielleicht fährt mein Opa ja heute wieder zurück nach Hódmezővásárhely.«

»Wohin?«, fragte ich.

»Da kommt die ganze Familie von meinem Vater her.«

»Ja, aber wie heißt das?«

»Hódmezővásárhely.«

»Und das kannst du dir merken?«, wollte Reinhold wissen.

Verena hob die Schultern und antwortete: »Hód heißt Biber, mező ist ein Feld und vásárhely bedeutet sowas wie Marktplatz.«

»Ach, dann kommen die aus Markt Biberfeld!«, sagte ich und die Stimmung war gerettet. Wir legten uns alle auf die Wiese und versuchten, Bilder in den Wolken zu finden. Nach einer Weile war ich überzeugt, Horst-Mogli genau über uns ausmachen zu können. Doch als ich es meinen beiden Freunden mitteilte, stellte ich fest, dass sie eingepennt waren.

Es war Mittag, als wir wieder vor der Datscha anhielten, vor der unverändert die rostige Karre von Verenas Opa stand. Haustür und Fenster waren noch immer verschlossen. Und während ich dachte, na ganz toll, legte Verena ihre Stirn in Falten.

»Da stimmt was nicht«, sagte sie. »Normalerweise sitzt der ab spätestens neun im Garten und quatscht jeden an, der vorbeikommt.«

»Vielleicht ist er essen gegangen. Oder einkaufen«, sagte ich.

»Nicht zu Fuß.«

»Aber bist du sicher, dass der Schrotthaufen noch fährt?«

»Der sah schon vor zehn Jahren so aus. Mein Opa kennt jede Schraube darin. Der fährt. Und zwar überall hin, was mehr als zehn Meter entfernt ist. Der geht maximal zum Kühlschrank, um Bier zu holen, und wieder zurück zu seinem Tisch. Und normal müsste auch eine Tischdecke drauf sein.«

Sie deutete auf einen Plastiktisch im Schatten eines Baums, an dem, ordentlich rangeschoben, drei Plastikstühle standen.

»Ich kann ja mal klingeln «, schlug Reinhold vor. »Ich tu so, als wär ich bescheuert und würde denken, dass ich die Hütte für die Ferien gemietet habe. Bescheuert nimmt man mir immer ab.«

Er verzog sein Gesicht ein wenig, was als optische IQ-Eindämmungsmaßnahme erschreckend gut funktionierte. Verena und ich gingen zurück in den Audi, da sie auf keinen Fall von ihrem Großvater gesehen werden wollte.

»Der hasst mich, weil ich seinen Sohn ins Gefängnis gebracht habe«, erklärte sie mir, während wir Reinhold zusahen, wie er durch den Garten zu dem kleinen Haus mit dem ultraspitzen Dach schlurfte. Einmal stolperte er sogar leicht, vermutlich um schon debil zu wirken, falls er durchs Fenster beobachtet wurde. »Ich war ja die einzige Zeugin von der ganzen Sache. Das hat euch die scheiß Polger bestimmt alles erzählt, oder?«

Ich nickte.

»Dann stell dir mal vor, wie das für mich war. Mein Vater schmeißt meine Mutter vom verfickten Balkon, und ich hab dann die Wahl, mit dem Arschloch, mit diesem Mörder, weiter quasi normal zu leben, oder mich selbst in ein beschissenes Heim einzuweisen.«

»Das kann ich mir nicht vorstellen.«

Verena lächelte: »Danke. Jeder andere hätte so getan, als könnte er das.«

Reinhold war an der Tür angekommen und suchte offenbar nach einer Klingel. Da er keine fand, klopfte er und sah zu uns. Wir tauchten im Auto ab, falls in dem Moment jemand die Tür geöffnet hätte. Aber da kam niemand. Wir hörten Reinhold nochmals klopfen. Kurz darauf erneut. Dann kam er zurück zu uns.

»Keiner da.«

»Das kann gar nicht sein. Wenn sein Auto dasteht, muss er im Haus sein.«

»Oder er hat ein neues Auto, und das hier ist jetzt so 'ne Art Gartendekoration«, meinte ich.

»Nee, dann hätte er das alte verkauft. Der ist nicht reich oder so.«

»Nachbarn fragen?«

»Das sind alles Ferienhäuser, die immer nur für 'ne Woche oder so vermietet werden.«

»Hast du irgendwas durchs Fenster sehen können?«

»Äh, nee, hab nicht geschaut. Wartet.«

Er stapfte wieder zum Haus.

»Ich glaube, dass du das Richtige getan hast«, sagte ich zu Verena. Die brauchte einen Moment, um zu checken, was ich meinte. Dann nickte sie nur, ohne die Miene zu verziehen.

Reinhold spähte durchs Fenster. Weil er offenbar nichts sehen konnte, legte er die Hände um die Augen, um die Sonnenreflexionen zu reduzieren. Mit einem Mal fuhr er herum, sah uns entgeistert an und winkte wie wild, dass wir zu ihm kommen sollten. Verena und ich wechselten einen Blick, dann stiegen wir aus und liefen zu ihm.

»Da hängt einer.«

»Was?«

»Ja, da!«

Sofort stellte ich mich ans Fenster und schaute in den dunklen Raum dahinter. Etwa zwei Meter hinter der Tür ging an der rechten Wand eine sehr steile Treppe ins

Dachgeschoss. Unter den Stufen war ein großes Regal, in dem Bücher und ein alter Fernseher standen. Links im Zimmer war eine Couchecke, ein passender kleiner Tisch mit so einer gehäkelten weißen Decke drauf, auf der ein übervoller Aschenbecher stand. Im hinteren Bereich war wohl so eine Art Küche mit einem kleinen runden Esstisch und Stühlen. Und genau da, zwischen Tisch und Küche, konnte man schemenhaft einen schmalen Körper erkennen, der an einem Strick etwa einen halben Meter über dem Boden baumelte.

»Scheiße«, war alles, was ich sagen konnte.

Verena stand wie eingefroren da. Dann ging sie ums Eck und kam kurz darauf mit einem Stein zurück, den man an der Unterseite aufschrauben konnte. Darin lag ein Schlüssel.

Sie ging zur Tür.

»Willst du da wirklich rein? Sollten wir nicht die Polizei rufen?«

»Und dann? Die wollen doch wissen, wer wir sind. Und was wir hier machen. Die würden sofort eure Eltern und das Heim anrufen, und dann war's das.«

Das stimmte. Allerdings hatte ich auch keinen Plan, was wir jetzt mit dem toten Opa anstellen sollten.

9

Kaum hatten wir die Tür geöffnet, überrollte uns eine Welle von Gestank, mit der wir nicht gerechnet hatten. Meine erste Assoziation war ein großes Fass Popkorn-Gyros-Kotze neben einem Eimer Scheiße. Nicht mal seinem schlimmsten Feind würde man das als Duftbaum in den Motorraum stecken. Null Ahnung, ob Leichen grundsätzlich so stinken, aber wenn, dann Respekt an alle, die täglich mit Toten zu tun haben.

Reingehen traute sich keiner. Ich zog mir das Shirt über die Nase, stieß die Tür so weit wie möglich auf und schlug vor, erst mal eine Stunde lüften zu lassen. Anschließend wollte ich mit angehaltenem Atem rein und die Fenster im Erdgeschoss öffnen. Das Obergeschoss wäre die nächste Herausforderung, aber an die verschwendete ich noch keine Gedanken.

Wir saßen am Plastiktisch, aßen die Snickers, die Reinhold auf Peterchens Deckel hatte setzen lassen, bevor er ihn aufgegabelt hatte, wie ich es inzwischen nannte, und berieten, was wir jetzt machen sollten.

»Wir können ihn ja hängen lassen. So als Traumfänger«, sagte ich, um die Stimmung bisschen aufzulockern, aber das kam offenbar nicht gut an.

»Ja, oder du hängst dich daneben«, erwiderte Verena. »So als supporting act.«

»Sorry.«

»Ins Auto und dann in den See«, schlug Reinhold vor. Aber das sei irre Umweltverschmutzung, entgegnete ich. Am besten hier irgendwie begraben und das Auto, keine Ahnung, irgendwo abstellen. Mit Schlüssel drin. Dann würde sicher irgendwer irgendwann dafür sorgen, dass es weiter genutzt wird.

»Du glaubst also, dass in Ungarn sogar so ein Wrack sofort geklaut wird, wenn es nicht abgesperrt ist?«, fragte Verena und sah mich durchdringend an.

»Nicht nur in Ungarn. Überall.«

»Nicht in Thüringen. Da würde es eher irgendeiner anzünden«, meinte Reinhold.

»Aber irgendwo abstellen ist 'ne gute Idee. Auch wenn der Wagen da dann die nächsten zehn Jahre steht«, sagte Verena.

»Und was machen wir mit deinem Opa?«

»Im Schuppen ist bestimmt 'ne Schaufel und so.«

»Ey, wisst ihr, wie tief man graben muss, damit da nicht in ein paar Tagen lauter Hunde rumscharren und die Maden aus der Erde kriechen?«

Ich verneinte. Verena ebenso.

»Und wir brauchen irgendwas Sargiges. Weil sonst die Erde absackt. Am besten wäre, wenn wir den ins Loch schmeißen, dann Beton drüber, dann Erde. Oder ihn in einen Schrank legen und den dann begraben. Aber da buddelst du dich halt blöd.« Reinhold war offenbar in seinem Element. »Andere Idee wären Koffer oder so, aber da müsste man ihn dann erstmal drauf zuschneiden, und das fällt aus. Die Sauerei wollen wir nicht. Wobei, wenn man ihn vorher andersrum aufhängt und das Blut ablässt-«

»Reini!«, unterbrach ihn Verena. »Wir graben ein Loch, da kommt er rein, fertig. Bis den jemand findet, sind wir eh nicht mehr da.«

Ihr Machtwort wirkte. Und ich wunderte mich derb über das *Reini*. Hatte ich noch nie gehört. Ich meine, es war genauso kacke wie Reinhold, insofern kein Win, aber irgendwie passte es besser.

»Ist das ein offizieller Spitzname, von dem ich nichts weiß?«, fragte ich.

»Nein. Den darf nur sie benutzen. Wenn du's einmal sagst, kannste gleich ein zweites Loch buddeln.«

Damit waren alle Fragen geklärt.

Das Lüften hatte geholfen. Mit Reinholds Coronamasken aus dem Auto und Gummihandschuhen aus dem Erste-Hilfe-Kasten, wollten wir den toten Opa erstmal irgendwie auf den Boden bringen. Dass er ein sehr dünnes Kerlchen war, spielte uns dabei in die Karten. Ein fetter Klops hätte nur noch weitere Probleme mit sich gebracht.

Wir bedeckten zuerst mal den vergrauten Flickenteppich mit Zeitung, die auch den Fleck aufsaugen sollte, der sich unter der Leiche gebildet hatte. Irgendein Sekret musste aus dem alten Mann raugesuppt sein. Und das hatte bestimmt den Teppich durchweicht. Später würden wir hier drinnen ordentlich nass wischen und alles desinfizieren müssen.

Komischerweise war der Körper nicht steif, wie ich erwartet hatte, sondern mehr wie eine Marionette aus Fleisch. Ich dachte immer, dass es sowas wie Leichenstarre gäbe. Auf weitere Details zum Körper verzichte ich lieber, weil mich das noch in meinen Träumen verfolgt. Ich sag nur so viel: Diverse Insekten hatten ihren Leichenschmaus schon begonnen. Reinhold, dem das alles nichts auszumachen schien, schlug vor, den Strick durchzuschneiden, um den Toten einfach auf die Zeitungen plumpsen zu lassen. Danach den Teppich um ihn rum und raus damit in den Schuppen.

Verena stand in der Tür und beobachtete uns schweigend. Es schien sie nicht mal zu interessieren, warum ihr Opa sein Leben beendet hatte. Reinhold kam mit einem Messer aus dem hinteren Teil des Raums. Er stellte den umgekippten Gartenstuhl neben die Leiche, mit dessen Hilfe sich der Opa erhängt und ihn dann im Todeskampf wohl in die Ecke getreten hatte. Als er schließlich auf dem Stuhl stand und verkündete, dass es gleich »flatsch« macht, gab sich Verena einen Ruck, betrat die Datscha und meinte: »Ich lüfte mal oben.«

Zehn Minuten später hatten wir die Leiche im Schuppen verstaut. Ein kleiner, zugemüllter Raum mit einem halbblinden Fenster, in dem leere Plastiksäcke lagen. An der Wand hingen, ähnlich wie bei Dr. Wolf, Werkzeuge. Allerdings waren hier alle rostig und teils mit Spinnweben überzogen. Hinter einem dieser Rasenmäher, dessen Klingen sich beim Schieben drehen, wobei dieser hier eindeutig seit Jahren nicht mehr geschoben worden war, fanden wir eine Spitzhacke und eine solide Schaufel. Reinhold erklärte, dass er einschlägige Erfahrung in Sachen Schaufeln hatte, worüber ich sehr lachen musste, weil ich ihn mir sofort in einem Sandkasten vorstellte, also so, wie er jetzt aussah, nur in klein und mit Plastikschaufel und Eimerchen. Er fand das nicht so komisch, weil er meinte, dass wir mindestens einen Meter tief graben müssten, besser eineinhalb, schulterbreit und so lang wie der Teppich.

Doch da im Schuppen auch noch ein gutes Stück von dem Strick lag, mit dem sich der Alte aufgehängt hatte, kam mir eine tausendmal bessere Idee, um Opa und Auto in einem Aufwasch loszuwerden: umhängen. Also die Schrottlaube einfach in einen Wald fahren, einen geeigneten Baum finden, Opa da dran, und dann wieder heim.

»Das ist doch scheiße«, sagte Verena, die uns zum Schuppen gefolgt war. »Erstens wird er da gefunden und zwei Stunden später sind dann die ungarischen Bullen hier. Und die werden garantiert gleich erkennen, dass die Leiche bewegt wurde. Du hast nur keinen Bock aufs Graben, oder?«

»Nee, ich dachte, das wäre einfacher. Aber, stimmt, vielleicht zu riskant.«

»Nicht vielleicht. Ist hundertpro 'ne Kackidee. Da kann nur ein Nichtficker draufkommen«, grinste Reinhold.

»Ja, ist schon gut.«

Ich sparte mir meine weiteren Vorschläge, weil die beiden sich eh fürs Begraben entschieden hatten. Verbrennen, im See versenken, Säure. Irgendwas musste man doch aus den ganzen Krimis lernen, die jeden Tag im Fernsehen liefen. Wir hätten bestimmt eine Alternative gefunden, aber ich wollte mich nicht weiter beleidigen lassen.

Hinter dem Häuschen war ein Beet, auf dem vertrocknete Pflanzen gegen den Klimawandel protestierten. Vielleicht sollte das mal Gemüse werden oder so, keine Ahnung. Auf jeden Fall wäre da die Erde garantiert am lockersten, meinte Reinhold, und es würde auch am wenigsten auffallen, wenn dort vielleicht ein paar neue Sträucher stünden. Außerdem entsprachen die Maße unseren Vorstellungen. Wir schaufelten abwechselnd und unterhielten uns dabei.

»Bei der ersten Beerdigung, auf der ich war, musste ich die ganze Zeit kichern«, erzählte Reinhold. »Ich war so fünf oder sechs und konnte mit der Situation überhaupt nicht umgehen. War meine Oma, die da unter die Erde gekommen ist. Also die Mutter von meiner Mutter. Und die einzige Person, die immer lieb zu mir war.«

»Und da hast du nicht geweint?«

»Doch, klar. Als mir meine Mutter gesagt hat, dass sie tot ist. Aber dann, als da so alle Erwachsenen in Anzügen und schwarzen Kleidern standen und heulten, da hab ich halt alles so irre gefunden, dass ich nur noch lachen konnte. Mein Onkel hat mir dann eine gescheuert und meine Mutter gefragt, warum sie mich Spasti überhaupt mitgebracht hat. Und die hat sich dann original bei ihm entschuldigt und mich ins Auto geschickt. Da hab ich gewartet und Taxi gespielt. Und dann kam mir die Idee, einfach wegzufahren.«

»Mit fünf?«

»Ja, oder sechs. Ich wusste zwar nicht, wie das funktioniert, aber ich hatte oft gesehen, wie man den Wagen anlässt.«

»Alter ... das hast du aber nicht ...?«

»Aber hallo. Das war so'n Golf, totale Scheißkarre, tausend Jahre alt. Joker hieß der. Passend, weil er echt ein Witz war.« Er steckte sich eine Zigarette an und setzt sich auf einen der Plastikstühle, die wir neben die Grube gestellt hatten. Es war inzwischen Abend. Ich stand im hüfttiefen Loch und machte auch kurz Pause, weil meine Arme mit der Dauerbelastung nicht klarkamen. »Kaum dreh ich den Schlüssel, macht der Wagen einen Satz nach hinten und rummst voll in den neuen Benz von meinem Onkel rein.«

»Ausgleichende Gerechtigkeit«, sagte ich und lachte.

»So kann man's auch sehen. Mein erster Gedanke war: Todesstrafe. Ich hab sofort den Schlüssel aus dem Zündschloss gezogen und die Türen verriegelt.«

»Aber es ist doch wohl deren Schuld, wenn sie einen Sechsjährigen mit Schlüssel in ein Auto sperren.«

»Ja, und? Meinst du, die haben erstmal die Schuldfrage geklärt? Nee. Das scheißbehinderte Kind hat wieder was kaputt gemacht. Und mein Onkel, auch so ein Halbnazi, ist voll ausgetickt. Hat wie ein Irrer gegen die Scheibe gehämmert und gebrüllt, dass ich Spasti da rauskommen soll, damit er mich ins Loch zu meiner Oma werfen kann. Ich hab nur geflennt und den Kopf geschüttelt. Da hat er einen Stein geholt. Ich wusste sofort, dass er die Scheibe einschlagen und mich aus dem Auto ziehen würde. Da hätte ich von meiner Mutter noch 'ne Portion Prügel extra bezogen, weil das Fenster auch noch im Arsch ist.«

Er hielt inne und starrte vor sich hin, als säße er wieder auf dem Fahrersitz des Golf Joker. Aus dem Grab stieg mir der Geruch der feuchten Erde in die Nase.

»Da hab ich echt das erste Mal so voll bewusst mit dem Leben abgeschlossen. Irgendwie war mir klar: Das war's jetzt. Ich werde lebendig begraben, und dann lachen alle in ihren schwarzen Klamotten wieder.«

»Krass. Das heißt, du hast dann aufgemacht?«

»Nee. War doch alles egal. Und dann wurde es echt irre: Mein Onkel hat also diesen fetten Stein in der Hand, holt aus und wirft ihn gegen die Scheibe. Aber die zerbricht nicht, sondern der Stein prallt ab und fliegt ihm genau ans Knie und haut seine Kniescheibe kaputt. Er geht zu Boden und brüllt weiter, aber jetzt vor Schmerz. Das war meine einzige Chance, der Strafe zu entkommen. Ich also rüber auf die Beifahrerseite, Knopf hoch, raus und weg.«

Wie so oft im Leben, wusste ich nicht, was ich sagen sollte. Aber ich verstand allmählich, was in Reinhold alles systematisch zerstört worden war. Warum er immer wieder von sich als *der Freak* sprach. Sich *das behinderte Kind* oder *der Spasti* nannte. Begriffe, die ihm seine ganze Kindheit lang eingetrichtert wurden und mit denen er sich auf eine, ich sag mal, sehr ungesunde Art identifizierte.

»Meine Mutter kam an dem Tag spät heim. Ich hatte mich vor unsere Haustür gesetzt und gewartet. Komischerweise gab es aber gar keine Strafe. Weil Oma gestorben war, hat sie gesagt. Ich glaub, dass sie wusste, wie scheiße sie immer zu mir war. Vielleicht hat sie an dem Tag versucht, sich zu ändern. Oder wenigstens nur für diese eine Nacht. Sie hat mich in den Arm genommen und ganz ruhig gehalten. Da musste ich wieder heulen. Als dann 'n paar Wochen später die Rechnung für die Reparatur vom Benz kam, gab's dafür richtig den Arsch voll und einen Monat kein Fernsehen. Fand ich fair.«

War's aber nicht, wollte ich sagen. Stattdessen erklärte ich, dass das hier gerade meine erste Beerdigung wäre. Reinhold grinste. Er war noch auf einer zweiten. Auf der seines Onkels, der sich ein paar Jahre drauf mit dem Benz um einen Brückenpfeiler gefaltet hatte. Und weil er nicht verheiratet war, sondern vermutlich heimlich schwul, erbte seine Mutter alles von ihm. Auf der Beerdigung hat Reinhold einfach nur die ganze Zeit vor sich hingegrinst. Wie man es vom Behindi eben erwartete.

Die Arbeit war kräftezehrend. Ich hatte Verena Geld zum Einkaufen gegeben, und sie versorgte uns zwischendurch mit Essen und Energydrinks. Man denkt immer, so ein Loch ist schnell gegraben. Aber wenn du es dann mal selber machst, merkst du, dass es wohl die brutalste Arbeit ist, die man sich vorstellen kann. Anfangs war alles easy, weil die Erde ziemlich locker war. Da dachte ich noch, dass wir in einer Stunde fertig wären. Aber nach so dreißig, vierzig Zentimetern wurde der Boden steinig. Von da an musste Schicht für Schicht mit der Spitzhacke aufgelockert werden, bevor man den Dreck mit der Schaufel aus dem Loch wuchten konnte. Das wurde natürlich mit der Zeit schwieriger, da man ja immer tiefer stand und die Wände des blöden Grabs den Aktionsradius einschränkten.

Wie lang wir genau gebraucht haben, weiß ich gar nicht mehr. Nur, dass es schon Nacht war, als mich Reinhold bat, ihn aus dem inzwischen schultertiefen Loch zu ziehen. Er erklärte, dass es sich jetzt verdammt nochmal ausgemaulwurft hat, und ich hätte vor Erleichterung schier geheult.

Schlauerweise hatten wir eine Plastikplane aus dem Schuppen neben das Loch gelegt. Von der würde es sehr viel einfacher sein, die Erde zurück ins Grab zu befördern. Weil wir beide komplett platt waren, beschlossen wir, die Beerdigung erst am Morgen zu erledigen. Und da Verena zwischendurch auch Bier geholt hatte, setzten wir uns zu dritt an den Tisch vor der Datscha, tranken und quatschten. Es ging viel darum, was man hier noch so machen könne. Verena hatte in ihrer Kindheit fast jeden Sommer am Balaton verbracht. So hieß der Plattensee auf Ungarisch. Ihre Oma hatte sie nie kennengelernt, die war angeblich vor Verenas Geburt mit einem Deutschen durchgebrannt und hatte Opa Lajos, den sie Lajosch aussprach, mit ihrem Vater allein gelassen. Ich mochte es sehr, wenn sie ungarische Worte verwendete, denn sie klangen aus ihrem Mund immer so natürlich, rein und echt.

Zum See waren es nur einige hundert Meter, und da war sie mit ihrer Mutter fast jeden Tag in ein kleines Strandbad mit Kiosk und Spielplatz gegangen. Ihr Vater und Lajos waren so gut wie immer in der Datscha geblieben, hatten getrunken und an diesem Tisch hier Karten gespielt. Ab und zu fuhren sie zum Wandern in die umliegenden Berge.

Auf dem Heimweg blieben die beiden meistens bis zur Fahruntauglichkeit in einem Lokal oder einer Bar hängen, von wo sie Verenas Mutter spät am Abend abholen musste. Zu Fuß, versteht sich. Einmal war Verena mitgegangen, weil sie nicht alleine im Haus bleiben wollte. Nach ungefähr einer Stunde Fußmarsch waren sie in einem gammeligen, verrauchten Loch gelandet, in der zahnlose Trinker johlten, als sie eintraten. Und weil alle so angesoffen waren und Verenas Mutter eine hübsche, zierliche Frau war, packte ihr Vater sie und stellte sie auf den Tresen, wo sie tanzen sollte.

»Sie wollte natürlich nicht, und hat versucht runterzuklettern, aber da hat er sie am Handgelenk gepackt und ihr was ins Ohr gesagt, und da hat sie sich wieder hingestellt und angefangen, sich zu bewegen. Gleichzeitig sind ihr voll die Tränen gekommen. Ich hab auch angefangen, zu weinen, weil diese ganzen Wichser gebrüllt haben, dass sie sich ausziehen soll. Das war alles so krank und scheiße. Ich meine, sie hat das natürlich nicht gemacht, aber weil sie einen kurzen Rock anhatte, haben die Typen an der Bar versucht, ihr da drunter zu gucken. Und mein Vater saß da wie so ein ekliger Zuhälter und hat meine Mutter nicht mal angeschaut, sondern nur diese ranzigen, sabbernden Arschlöcher angegrinst und immer wieder gerufen: Ez a feleségem! Das ist meine Frau!«

Ich saß da auf meinem Plastikstuhl und fragte mich, was ich hier eigentlich wollte. Genauer gesagt, warum ich mir einbildete, meinen beiden Freunden neuen Lebensmut schenken zu können. Die Kindheit in Frankfurt war im Vergleich zu allem, was ich inzwischen von ihnen wusste, das reinste Paradies gewesen. Sie waren die Trümmerkinder, ich das fette Baby im Bällebad. Mein Vater hatte mir oft vorgeworfen, dass ich *privilegiert* sei, und das gar nicht zu schätzen wisse, wenn ich zum Beispiel im Urlaub *rumbockte*, wie er es nannte. Ich hatte das nie richtig verstanden, weil ich doch nichts dafürkonnte, dass er einen gutbezahlten Job hatte und wir in einem großen Haus mit Garten wohnten.

Ich hatte mich nur einmal in meinem Leben irgendwie verloren gefühlt. Das war, als Mama eines Abends ins Kinderzimmer kam und mir sagte, dass wir gehen. Ich hatte sie und meinen Vater davor unten rumschreien hören, obwohl ich extra laut Musik angemacht hatte, um es auszublenden. Sie fing dann an, eine Tasche mit meinen Klamotten zu packen, und mein Vater kam rein und lachte einfach nur.

»Wo willst du denn hin?«, fragte er.

»Das ist mir egal. Hauptsache weg von dir.«

Weil er vor mir immer so tat, als wäre meine Mutter die Verrückte, war er auch diesmal ganz ruhig. Er erklärte sehr überheblich, dass sie sich das genau überlegen soll, weil er morgen die Schlösser austauschen und ihre Karten sperren lässt, wenn sie wirklich geht. Und dass *der Junge* früher oder später wieder bei ihm leben würde, weil das Jugendamt garantiert erkennt, dass eine instabile Person wie sie kein guter Einfluss ist. Das war meiner Mutter alles egal. Sie würde dem Amt schon klarmachen, mit was für einem Tyrannen sie unter einem Dach lebt.

Wir sind dann zu einer ihrer Freundinnen, und mein Vater hat seine Drohung tatsächlich umgesetzt und das Schloss ausgetauscht. Mama ist am nächsten Tag mit mir zu einer Anwältin gegangen, die das mit dem Kartensperren verhindern konnte. Was echt wichtig war, weil sie mir keine einzige Unterhose eingepackt hatte und auch nur zwei Paar Strümpfe. Die Anwältin war total cool und bezeichnete es als ein *Unding*, dass mein Vater alleine in dem viel zu großen Haus bleiben wollte. Dass er nicht nur Mama, sondern auch sein Kind sozusagen auf die Straße setzte. Dabei hatten wir bei Mamas Freundin ein schönes Zimmer und einen vollen Kühlschrank.

Ich hatte nie im Leben irgendetwas auch nur ansatzweise Vergleichbares erlebt wie Reinhold und Verena. Entsprechend stumm wurde ich, als die beiden von mir wissen wollten, warum ich eigentlich keinen Bock mehr auf den ganzen irdischen Scheiß hatte.

10

»Ich will nicht darüber reden«, antwortete ich, als Verena das dritte Mal nachfragte.

»Nicht drüber reden gibt's nicht«, meinte Reinhold. »Also. Du findest dich unattraktiv, zu dick, hattest noch nie Sex, und deine Eltern sind, glaube ich, geschieden. Aber das kann's ja nicht sein. Also?«

»Psychoscheiß.« Ich wollte sie nicht belügen. Mein Leben war sehr langweilig und harmlos, das hatte Reinhold treffend auf den Punkt gebracht. Wobei es tatsächlich sein konnte, dass ich psychisch nicht ausgeglichen war. Es gab immer wieder Phasen, in denen ich einfach zu nichts zu gebrauchen war, mich irgendwie durch die Tage schleppte, ohne mich danach an irgendwas zu erinnern. Meine Mutter hatte mich mit fünfzehn deswegen mal zu einer Psychiaterin geschleift. Auch wegen der Kopfschmerzen, die mit der Antriebslosigkeit kamen. Die gute Frau hatte jedoch gemeint, dass sowas in meinem Alter ganz normal sei. Hormone.

»Okay«, meinte Verena. »Und was für Psychoscheiß?«

»Depressionen?«

»Merkt man null«, schaltete sich Reinhold ein und nahm einen großen Schluck Bier.

»Ja, es kommt ja auch in Schüben. Weil entweder habe ich eine manische Phase oder krasse Depression. Und zwischendrin ist alles stabil«, erklärte ich und war froh, dass ich das einigermaßen flüssig rausgebracht hatte. Andererseits war das mit den manischen Phasen frei erfunden. Ich fand's so halt glaubwürdiger.

»Kann man das nicht mit Tabletten managen?«, hakte Verena nach.

»Ja, klar. Aber mein Arzt meinte, dass mich das mein ganzes Leben lang begleiten wird. Und vermutlich auch noch heftiger kommt als bisher.«

»Was issn das für ein Arzt?«

Ich schwieg, weil es mir unangenehm war, die Geschichte von Pädo-Peters Sohn zu missbrauchen, deren Ende ich nicht mal genau kannte.

»Das war halt ein Arschloch. Meine Mutter hat dann auch darauf bestanden, dass wir den wechseln. Aber ... ich weiß jetzt eben, dass mein Leben immer scheiße sein und nach und nach immer beschissener wird.«

»Bis auf, wenn du manisch bist, wa?«, lachte Reinhold. »Ich hab mal von einem gelesen, der hat dann Autos bestellt und ein Haus gekauft und lauter anderes Zeug. Alles auf die Kreditkarte vom Vater.«

»Ja, Reinhold, superlustig«, sagte ich trocken.

»Oder dieser Amokidiot in Hünxe vor drei Jahren. Der in seine Schule rein is und einfach mal keinen einzigen verletzt hat, obwohl er hundert Schüsse rausgeballert hat. Der hatte das auch.«

»Ja, Reinhold«, sagte nun Verena, deutlich genervter und strenger als ich.

»Ich mein ja nur«, erwiderte er kleinlaut.

Und ich wurde knallrot, weil mir natürlich bei Hünxe sofort klar wurde, wer der Vater vom Amokidiot war: ein Trucker mit einer Gabel in der Schulter. Das musste er gewesen sein. Was ihn zwar nicht von dem Verdacht freispricht, dass er mir auf der Toilette irgendwie an die Wäsche wollte. Aber, ja, nee, schwer zu sagen. Peterchen hätte ein sehr viel besseres Motiv, hier am Tisch zu sitzen als ich. Ich, der jetzt die Geschichte seines Sohns klaute.

»Was nimmst du denn da für Medikamente?«, fragte Verena. »Also so Quetiapin oder das andere, Cariprazin? Oder so 'ne Kombi aus Fluoxetin und Olanzapin?«

»Äh, grad nehm ich gar nichts. Woher kennst du dich damit so gut aus?«

Ich musste das Gespräch irgendwie von mir ablenken. Das ging am besten mit Gegenfragen.

»Ne Freundin im Heim hat das auch. Die ist mit der Kombi gut gefahren.«

»Ah, cool«, sagte ich. »Ja, bei mir-«

Weiter kam ich nicht, denn in dem Moment erfasst mich das Scheinwerferlicht eines Autos, das in die Einfahrt des Nachbargrundstücks einbog. Es war ein nagelneuer VW ID. Buzz mit Münchner Kennzeichen, der bis vor das Haus surrte, anhielt und drei Menschen ausspuckte, die auf den ersten Blick wohl so in unserem Alter waren. Woher die zwei Mädchen und der Junge das Geld für so ein futuristisches Fahrzeug hatten, konnte ich mir nicht erklären. Doch ich dankte innerlich Gott, dass er sie genau in diesem Moment geschickt hatte.

Weil auf unserem Tisch Kerzen standen, winkte eins der Mädchen zu uns rüber und rief: »Hi!«

Ich grüßte als Einziger zurück, worauf ein kurzer Verlegenheitsmoment entstand. Also stand ich auf und ging zum Zaun. Hauptsache raus aus der Interviewsituation.

»Hi«, wiederholte ich, »ich bin Kolja. Wir sind auch heute angekommen.«

»Cool«, sagte das Mädchen und stellte sich selbst als Katta vor. Weil es ziemlich dunkel war, konnte ich sie nur schlecht sehen. Aber sie war etwa einen Kopf größer als ich und hatte kurze blonde Haare. Gut möglich, dass sie Model war. »Auch das erste Mal hier?«

»Ich ja, Verena aber schon öfter. Das ist die da am Tisch. Das Haus gehört ihrem Opa. Also, gehörte. Ist gestorben.«

»Ah, cool.«

Bevor wieder eine unangenehme Pause entstehen konnte, meinte ich: »Ja, ihr müsst sicher erstmal ankommen. Und wir wollten eh ins Bett. Wir sehen uns dann morgen oder so.«

»Ja, klar. Cool.«

Das war also ihr Wort: cool. Ziemlich uncool.

In der oberen Etage der Datscha gab es zwei Schlafzimmer und ein kleines Bad. Verena hatte irgendwann unsere Sachen aus dem Audi geholt und schon mal in die Zimmer gebracht. Außerdem hatte sie sämtliche Fenster geöffnet, um den Geruch des Todes aus der Hütte zu treiben. Hatte auch ganz gut funktioniert – ich roch zumindest nichts mehr. Natürlich musste ich mir mit Reinhold ein Doppelbett teilen.

»Ich hoffe, du schnarchst nicht«, sagte er, nachdem wir Zähne geputzt und uns hingelegt hatten.

»Glaub nicht.«

Er drehte sich zur Seite. Ich hatte zwei Bier getrunken und spürte, dass meine Arme am nächsten Tag wegen des Schaufelns zu nichts zu gebrauchen sein würden.

»Wie fandest du eigentlich das mit dem *Kolja entjungfern*?«

»Wie?«

»Na, du stehst auf Verena. Und jetzt weiß sie, dass du es noch machen willst, bevor wir uns verabschieden.«

»Ja, aber ...«

»Wirst schon sehen. Die macht das.«

»Aber so hab ich mir das nicht vorgestellt.«

»Alter ...«, seufzte er. »Manchmal verstehe ich echt nicht, was du willst. Ich hab euch nicht hierher gefahren, damit ihr einen auf First Dates und Verlieben und so 'n Scheiß macht. Wir haben einen Pakt.«

»Ich weiß.«

»Wir machen jetzt noch mal richtig einen drauf. Irgendwie kriegen wir dich gebumst, und wenn's eine von den Neuen nebenan ist.«

Schweigen.

»Hast du schon mal?«, wollte ich wissen.

Reinhold lachte in die Dunkelheit. Ich sollte ihn doch einfach nur mal anschauen. »So viel kann keine Frau saufen, um mich attraktiv zu finden.«

Ich kicherte.

»Wobei«, fuhr Reinhold fort, »einmal hatte ich was mit einer, aufm Feuerwehrfest zwei Orte weiter. Wir haben heftig rumgemacht, hinten im Audi, und ich dachte, geil, das wird. Aber dann hat sie irgendwann gesagt, ich soll aufhören, weil sie nimmt zwar die Pille und hat auch Kondome, aber wenn trotzdem was passiert, würde sie es wegen Gott nie abtreiben können, nicht mal, wenn's von mir wäre. Und, na ja, das ... war halt 'ne Schlampe.«

Langsam wurden mir diese Geschichten ein bisschen zu viel. Mir fiel einfach nichts mehr ein, was ich darauf erwidern konnte. Auf jeden Fall wusste ich, dass ich nie

Psychiater oder sowas werden würde. Weil ich mir auch einbildete, dass die ganze Scheiße, die Reinhold und Verena erlebt hatten, nach und nach auf mich abfärbte.

»Oder meinste, dass das 'ne Scheißidee ist, noch mal einen draufmachen zu wollen? Vielleicht sollten wir morgen einfach springen.«

»Äh, nee, find ich gut.«

»Was jetzt?«

»Feiern oder so.«

»Ja, genau. Und dann einfach um Mitternacht verschwinden und zum Vulkan fahren.« Reinhold setzte sich auf und sah mich mit leuchtenden Augen an. »Das wäre doch fett. Wir sagen den anderen noch sowas wie wir holen noch Alk von der Tanke, und dann kommen wir einfach nicht zurück.«

»Nee«, antwortete ich. »Das ist uncool. Außerdem brauch ich noch ein, zwei Tage.«

»Wie?«

»Weißte, ich hab meine Medikamente abgesetzt«, log ich einfach. »Vor 'ner Woche. Und, ja, ich war in letzter Zeit stabil. Und jetzt gerade auch noch. Aber ich kenn mich. In mir kämpfen gerade Manie und Depression. Meistens gewinnt die Depression. Und dann ...«

Reinhold antwortete nicht mehr. Wahrscheinlich dachte er sich seinen Teil. Sollte mir egal sein. Ich musste nur Zeit gewinnen.

11

Der nächste Tag begann extrem früh. Verena stand im Zimmer und erklärte, dass wir Lajos beerdigen müssten, bevor die Nachbarn aufwachen. Den Geruch aus dem Schuppen konnte man unmöglich ignorieren. Ich ärgerte mich, weil ich daran gar nicht gedacht hatte. Allerdings waren meine Arme wie Brei, der Rücken tat weh und die Beine signalisierten ebenfalls, dass ich jede Form von Bewegung aus dem Kalender streichen sollte.

Aber Verena hatte recht. Und sie hatte Kaffee gemacht. Reinhold verhielt sich schlauer als ich: Er tat einfach so, als würde er so tief schlafen, dass man ihn nicht wecken konnte.

»Ja, fuck it, schaffen wir auch ohne den Penner«, sagte Verena. Ich versprach, gleich nach unten zu kommen und ging erstmal ins Bad, ein gefühlt zwei Quadratmeter großer blassgelb gefliester Raum mit einem Abfluss im Boden. Man konnte sich auf der Toilette sitzend mit dem ausziehbaren Wasserhahn duschen. Hätte ich wahrscheinlich schon gestern Abend machen sollen, statt verschwitzt ins Bett zu gehen. Jetzt musste ich mit dem brutalen Muskelkater kämpfen, der ein massives Problem mit der Idee hatte, den rechten Arm mit dem Duschkopf über meinen Kopf zu halten. Nie wieder schaufeln, das stand für mich fest.

Der Kaffee war Kaffee. Ob er gut war oder nicht, konnte ich nicht so richtig beurteilen, weil ich davor erst zwei- oder dreimal welchen getrunken hatte. Aber er war heiß und mit viel Zucker und Milch eigentlich gar nicht verkehrt. Dazu gab es ein Stück ungarischen Fertigkuchen, den Verena in einem Schrank gefunden hatte. Wir setzten uns kurz an den Esstisch und frühstückten.

»Wie spät ist es eigentlich?«, wollte ich wissen.

»Sechs. Kurz nach.«

»Gut geschlafen?«

»Nee.«

»Wieso?«

»Hab mir Gedanken gemacht. Weil ... keine Ahnung. Du wirkst halt nicht so wie die, die ich kenne, die bipolar sind.«

»Ich weiß nicht, was ich dazu jetzt sagen soll.«

Ich sah Verena in die Augen, aber sie wich meinem Blick aus und fixierte stattdessen ihre Kaffeetasse, auf der in einer gewollt edlen Schrift was auf Ungarisch stand, das ich nicht verstand. Es endete mit *János 3:16*, könnte also aus der Bibel sein. Ich überlegte gerade, wie man den Namen wohl ausspricht, und war bei Janosch angekommen, als Verena endlich weitersprach. »Ich will nur sicher sein, dass du nicht stehenbleibst, wenn ich springe.«

Ob sie mich durchschaut hatte, konnte ich nicht sagen. Nur, dass sie spürte, dass ich womöglich nicht der Kolja war, der zu sein ich vorgab.

»Nee«, antwortete ich, »ausgeschlossen.«

»Freunde bis in den Tod«, sagte Verena leise und lächelte mich an. In dem Moment wurde mir bewusst, dass sie und Reinhold meine einzigen Freunde waren. Und dass meine Anwesenheit hier auf einer Lüge basierte, die genau diese Bindung zerstören könnte.

Bis dahin muss ich immer verdrängt haben, wie leer meine Welt eigentlich war. Vor allem seit dem Schulwechsel wegen der Scheidung. In der Ziehenschule, also unserem Gymnasium in Eschersheim, hatte ich wenigstens Mirko gehabt. Er war aber mehr Kumpel als Freund. Wir haben nie telefoniert, sondern uns ohne groß was auszumachen ein paar Mal die Woche nachmittags auf dem Spieli getroffen. Als ich weggezogen bin, hatte er sich dann mit dem Boenisch aus der Parallelklasse angefreundet, von dem, glaube ich, niemand den Vornamen kannte und der meiner Meinung nach eine tickende Zeitbombe war. Angeblich hatte er einen Onkel, der mehrere Frauen umgebracht hatte und deswegen im Knast saß. Es hieß immer, dass der Boenisch eine selbstgenähte Jacke aus Katzenleder hätte. Von Katzen, die er in der Nachbarschaft geklaut und bei lebendigem Leibe gehäutet haben sollte. Und tatsächlich hatte ich ihn mal in einer Jacke aus so kleinen Lederstücken auf der Straße gesehen.

Da Mirko voll der Mitläufer war, weil er sonst auch niemanden hatte, konnte ich mir vorstellen, dass er ebenfalls demnächst in Katzenklamotten rumlaufen würde. Das habe ich ihm auch gesagt, eigentlich mehr als Warnung vor dem Boenisch. Aber er hat das als Kritik an sich selbst verstanden und mir die Freundschaft gekündigt, die im Grunde nie eine gewesen war.

In der neuen Schule, der IGS 15, waren die Mitschüler sehr viel weiter als ich irgendwie. Vom Stoff zwar auf demselben Stand, mir kam es jedoch so vor, dass sie körperlich mindestens zwei Klassen über mir waren. Gut, ein paar von denen waren schon mal durchgefallen. Aber auch die in meinem Alter hatten mehr Haare am ganzen Körper und tiefere Stimmen. Die IGS 15 war eine Gesamtschule, bisschen so wie in *Fack ju Göhte* in komplett spaßbefreit.

Nach zwei Wochen dort fing das mit den Kopfschmerzen an. Die kamen und gingen, ohne dass ich es vorhersagen konnte. Erst dachte ich, das viele Zocken würde damit in Verbindung stehen. Doch weniger Zeit am PC oder auch mal ein Wochenende mit meinem Vater ohne Bildschirmzeit machten keinen Unterschied. Mein Kopf tat weh und das irgendwann täglich, die Frage war nur noch, wann und wie heftig. Seit ich in Reinholds Auto gestiegen war, waren sie ausgeblieben.

Dafür waren meine Arme zwei bei jeder Bewegung schmerzende, mehr oder weniger nutzlose Verlängerungen der Schultern. Sie peitschten heftige Protestwellen durch meinen Körper, als ich mit Verena den toten Lajos in seinem Teppich im Schuppen auf eine Schubkarre hievte, in die der Rost ein langes, salamanderförmiges Loch gefressen hatte. Sofort lösten sich hunderte Fliegen von der Leiche und surrten planlos um uns herum. Verena hatte die Tür direkt nach dem Aufstehen geöffnet, weshalb der Gestank mit den Coronamasken aushaltbar war. Der Reifen schnaufte seine letzte Luft unter dem Gewicht aus, doch anders hätten wir den toten Opa-Wrap nicht bis zum Grab bekommen.

Und die Zeit lief gegen uns. Verena hatte die neuen Nachbarn zwar noch bis spät in die Nacht singen hören – sie hatten ihren ersten Urlaubstag gefeiert. Wir konnten jedoch nicht ausschließen, dass nicht einer oder eine von ihnen plötzlich aus dem Haus kommen beziehungsweise aus dem Fenster zu unserer Seite gucken würde.

»Willst du noch irgendwas sagen?«, fragte ich, als wir vor dem Loch standen. Die Leichenrolle lag vor uns.

»Zu dem?«

»Zu deinem Opa. Sowas wie ruhe sanft oder so.«

»Macht er doch schon.«

Ihre Gleichgültigkeit gegenüber Lajos ließ darauf schließen, dass er eben weniger ihr Großvater als der Saufkumpan des Mannes gewesen war, der ihre Mutter umgebracht hatte. Oder der Tod an sich hatte keine Bedeutung mehr für sie. Wenn Verena jetzt trauerte, würde es sie vielleicht daran erinnern, dass auch ihr Tod für andere nicht leicht zu verkraften sein würde. Dass es Menschen gab, die um sie trauern würden. Tommy, die Jugendlichen aus dem Heim, ehemalige Mitschüler und Mitschülerinnen, Tanten oder Onkel, von denen ich nichts wusste. Sie sprach zu wenig, und wenn, kotzte sie sich meist nur über die Gegenwart aus.

Verena bückte sich, nahm das Ende des Teppichs hoch und rollte so die Leiche hinaus. Lajos landete mit einem lauten Knacken völlig verkrümmt in einer Ecke des Grabs und blieb dort, den Kopf zwischen den Beinen, liegen wie ein Filzpurzelmännchen aus dem Bio-Spielzeugladen.

»Er hat sich irgendwas gebrochen«, sagte ich.

»Ich brech auch gleich«, antwortete Verena.

»Und jetzt?«

»Muss einer von uns beiden da rein und ihn richtig hinlegen.«

Sie grinste, weil sie wusste, dass ich das machen würde. Also setzte ich mich an den Rand und ließ mich ins Grab gleiten. Noch bevor ich festen Boden unter den Füßen hatte, fiel mir ein, dass ich nicht auf der Leiche landen sollte. Ich versuchte, die Beine zu spreizen, als mein linker Fuß schon weichen Bodenkontakt verkündete. Ich warf mein Gewicht auf den rechten Fuß, woraufhin sich die Balance verabschieden wollte. Doch es gelang mir, mich mit den Händen an den Seitenwänden abzustützen und so wieder die Kontrolle über diesen vermurksten Plumps zu gewinnen.

»Alles cool«, rief ich und bemerkte, dass meine Maske etwas nach unten gerutscht war und entsprechend schlecht die eingeatmete Luft filterte.

Der Geruch, den der tote Körper ausströmte, hatte eine intensive, bitter-ranzige Note dazugewonnen. Mein Magen krampfte, und im selben Augenblick fiel ein Regenwurm wie aus dem Nichts auf Lajos' rechtes Auge. Das gab mir den Rest. Ich spürte das Abendessen und das Stück Frühstückskuchen im Bauch rebellieren und riss mir die dämliche Maske vom Gesicht. Ein Fehler. Denn nun strömte der Gestank ungefiltert in meine Nase. Es gelang mir noch, »Sorry« zu rufen, dann spie ich alles, was mein Magen im Angebot hatte, über Verenas Opa.

Um das Ergebnis nicht sehen zu müssen, schloss ich die Augen, packte blind die Beine des Toten, zerrte sie mit einem Ruck ans andere Grabende, und kletterte dann wie ein junges Äffchen wieder ins Freie.

Erst da öffnete ich die Augen und sah, dass Verena vor Lachen zu platzen drohte. Sie lag japsend auf dem Rücken und wiederholte mantramäßig: »Sorry! Buuääähhh!«

Als sie sich beruhigt hatte, machten wir uns daran, die Erde in die Erde zu bringen. Wobei sich das Vorhaben vom Vortag, einfach die Plane an beiden Seiten anzuheben, wegen des Gewichts als undurchdacht herausstellte. Also begann Verena zu schaufeln, während ich mit den Füßen den Dreck zurück an seinen Ursprungsort scharrte. Nach und nach verschwand Lajos darunter. Das Letzte, was ich von ihm sah, war sein von meinem

Erbrochenen bedecktes Gesicht, aus dem sich der Regenwurm freizukämpfen versuchte.

Ich war überrascht, wie rasch wir vorankamen. Wir verdichteten die Erde sogar immer wieder, indem einer von uns darauf herumtrampelte, in der Hoffnung, dass wir so am Ende nicht einen kleinen Hügel haben würden. Beim ersten Mal hatte was unter meinen Füßen nachgegeben. Vielleicht der Brustkasten. Verena hatte es nicht bemerkt, wobei es ihr vermutlich egal gewesen wäre. Auf halber Höhe (oder Tiefe) legten wir den Teppich und ein paar Bretter aus dem Schuppen quer, damit sich das Beet nicht absenken konnte. Kaum waren wir fertig, kam Reinhold aus dem Haus und nahm unser Werk unter die Lupe.

»Sieht super aus. Warum habt ihr mich nicht geweckt?«

Verena lachte abfällig, ich schnaubte kurz. Er grinste und brachte als Entschuldigung nur vor, dass seine Arme tot seien. Egal. Lajos war vom Erdboden verschluckt. Ich versuchte die nächsten zehn Minuten, mir den Geruch von Erde, Schweiß und Verwesung (eingebildet) mit dem abzuwaschen, was in seinem Badeklo zu finden war. Dabei musste ich mich zwischen einer grünen Plastikflasche, die hundert Jahre alt sein durfte und auf der *Alma Sampon* stand, und einer neueren mit dem Aufdruck *Honolulu Vibes Szárazsampon* entscheiden. Apfel oder Zitrusfrucht. Honolulu wirkte fehl am Platz.

Wir waren gerade mit dem zweiten Frühstück fertig, als sich im Nachbargarten etwas regte. Allmählich kamen dort die Neuen in den Garten, offensichtlich gerädert und verkatert. Sie winkten uns zu, und Katta kam wieder an den Zaun, um ihre Freunde vorzustellen. Nessie und Leo waren ein Paar und angeblich saunett, sonst wäre sie als Single nicht mit ihnen in den Urlaub gefahren.

Ich erklärte leise, dass Verena und Reinhold asoziale Arschlöcher seien, komplette Spaßbremsen, mit denen man seine Zeit nicht vergeuden sollte, worauf Katta umwerfend herzlich lachte und vorschlug, die Tage mal zusammen zu grillen. Wäre ich nicht in Verena verliebt gewesen, hätte ich in dem Moment mein Herz an sie verloren – wissend, dass ich bei ihr nie im Leben eine Chance hätte. Sie hatte grünblaue Augen, makellose Haut und war schlank wie eine Gazelle. Sie war der Tag, Verena die Nacht.

»Übermorgen wäre gut«, schlug ich vor.

»Warum?«

»Wie?«

»Na ja, warum nicht morgen?«

»Ja, ist auch gut.«

»Aber übermorgen wäre besser?«

»Dachte ich. Ist aber Quatsch. Wir können unsere Kälber und Schweine auch heute schlachten.«

Katta lachte erneut. »Gut, dann übermorgen. Nach der Sonnenfinsternis.«

»Was für 'ne Sonnenfinsternis?« Reinhold sah mich an, als hätte ich ihm gerade eröffnet, dass die Erde rund ist. Wir gingen die Straße runter zum Midi Beach, einem kleinen Strandbad. Ich hatte den Grillvorschlag bislang nicht serviert, weil weder er noch Verena die Neuen eines Blickes gewürdigt hatten. Keine Ahnung, ob es die beiden störte, dass nebenan vor Lebensfreude berstende Menschen in unserem Alter eingezogen waren, die den ganzen Vormittag lachend Videos mit ihren Handys gemacht hatten. So wie es aussah, versuchten Leo und Nessie sich als Influencer, denn die beiden erklärten etwa zwanzig Minuten lang alles zu dem Elektrobus. Was zumindest die Frage klärte, wie sie an das Fahrzeug gekommen waren. Das war garantiert eine Promotion-Aktion. Oder sie hatten reiche Eltern – bei Münchner Kennzeichen durchaus auch eine Option. Katta war jedenfalls ihr Kamerakind.

Ich hatte mich mit einem Buch vor unser Haus gesetzt und so getan, als würde ich lesen. Dass es auf Ungarisch war, konnten die anderen ja nicht sehen. Reinhold und Verena waren mit Lajos' Auto weggefahren, um es irgendwo im Ort mit offenen Fenstern und steckendem Schlüssel abzustellen.

Nessie war die treibende Kraft nebenan, wirkte dabei jedoch wie eine gestresste Zwiebel. Sie ordnete an, wo und aus welchem Winkel Katta filmen sollte, kontrollierte jede Aufnahme sofort und gab Leo Anweisungen, wie er wann zu schauen habe. Mit anderen Worten: Sie war eine extrem dominante Bitch, die ihren Freund perfekt abgerichtet hatte. Der hatte offensichtlich den IQ einer Honigmelone und in etwa so viel zu melden wie Lajos bei uns.

So war inzwischen ein weiterer Film entstanden, in dem Nessie das Haus, den Garten und ein paar Fakten über den Balaton von sich gab, die Leo mit Workout-Tipps und Hinweisen auf »geile Radstrecken« garnierte. Im Anschluss wurde ein dritter gedreht, in dem die beiden Mölkky spielten, so ein finnisches Spiel, bei dem man Holzkegel mit einem anderen Holzstück umschmeißen muss. Eigentlich ein Game für mindestens vier, aber wer Follower sucht, hat keine Freunde.

Nessies aufgesetzte Heiterkeit hatte auf unserer Seite des Zauns für zunehmende Genervtheit gesorgt. Verena und Reinhold waren schon während des Balaton-Videos zurückgekommen, bepackt mit Haushaltsreinigern, Schwämmen, Tüchern und Desinfektionsmitteln, um unsere Butze zu sterilisieren. Zwischendurch waren sie in regelmäßigen Abständen aus dem Haus gekommen, hatten kurz nach drüben geschaut, um sofort etwas wie »Alter, sind die scheiße« zu sagen und sich wieder zu verkrümeln. Bei Spiel Nummer drei hatte auch ich die Nase voll und schlug vor, zum Strand zu gehen. Verena war sofort dabei, sie wollte sich eh noch vom See verabschieden. Reinhold warf ein, dass er Nichtschwimmer sei, weil seine Mutter es nie für notwendig gehalten hatte, ihm das beizubringen. Mit der Begründung, die anderen Kinder würden ihn eh nur untertauchen. Ich erklärte ihm, dass der Balaton ultraflach war, und man ansonsten auch neben dem Wasser chillen konnte. Das überzeugte ihn.

»Also? Was für eine fucking Sonnenfinsternis?«, hakte er nach.

»Na, offenbar ist hier übermorgen eine zu sehen. Und danach, hat Katta vorgeschlagen, könnten wir gemeinsam grillen.«

»Und wer sagt, dass ich mit den Spasten grillen will?«

»Niemand«, erwiderte ich. Er durfte das Wort wahrscheinlich verwenden, da er sein Leben lang selbst so genannt worden war. Trotzdem hörte es sich falsch an, weil er es ja offenbar auch beleidigend meinte, nicht so wie andere Minderheiten, wie in *ich und meine Spasten chillen am Grill.*

»Ich hab 'ne bessere Idee«, klinkte sich nun Verena in unser Gespräch ein. »Wir springen, wenn die Sonne weg ist.«

»Geil!«, rief Reinhold. »Deal! Mega!«

Beide sahen zu mir. Ich muss ziemlich verdutzt aus der Wäsche geschaut haben.

»Okay. Wobei die Sonne ja nicht weg ist, sondern nur im Schatten der Erde. Könnte auch der Schatten vom Mond sein.«

»Wie soll bitte die Sonne im Schatten der Erde oder vom Mond sein? Die Sonne macht doch das Licht für den Schatten.«

»Keine Ahnung. Ich hab ja gesagt, dass ich nicht genau weiß, wie das funktioniert.«

»Ich glaub, dass einfach der Mond genau zwischen Erde und Sonne steht«, mutmaßte Verena. Aber auch damit wollte sich Reinhold nicht zufriedengeben. Weil der Mond doch viel kleiner wäre als die Sonne. Und dann fluchte er, dass er mit seinem Handy bestimmt googeln könnte, was da wirklich passiert.

»So what? Würde das irgendwas ändern?«, fragte Verena.

»Nee.«

»Gut.« Ich musste wieder aufs Thema kommen. »Dann können wir ja morgen noch mit denen grillen, oder?«

Verena nickte und auch Reinhold gab dem Plan seinen Segen. Allein schon, um vielleicht zu erfahren, wie genau das mit der Sonnenfinsternis funktioniert. Ich hatte zwei Tage gewonnen. Und einen Grillteller Balaton.

Der Midi Strand war ziemlich in Ordnung. Wir legten unsere Handtücher aufs Gras, holten ein paar Getränke vom Kiosk und schauten auf den See. Links und rechts beugten sich Schilfgräser den Launen des Windes, während wir mit den Seelen baumelten. Hinter uns waren Familien, deren Kinder auf den Spielplatzgeräten herumturnten und auf Ungarisch vermutlich Dinge wie »Mama, guck mal« oder »Ich kann das besser« riefen. Die Rollen waren auch klassisch verteilt – ein Junge, der stärker war als alle anderen, ein Mädchen, das ihm zur Seite stand, und vier oder fünf kleinere Kinder, die machen mussten, was ihnen aufgetragen wurde. Ich fand diese Hackordnungen schon als Dreijähriger kacke, hatte mir meine Mama mal erzählt, und wollte immer auf Spielplätze ohne Kinder.

Nach einer halben Stunde wollte Verena ins Wasser, und da Reinhold jeden Hautkontakt mit der *Brühe, in der Fische ficken und Enten kacken,* zu vermeiden plante, blieb er bei den Sachen. Sein Pech, denn der See war angenehm warm. Wir wateten bis zu den Bojen, hinter denen das Wasser tiefer wurde, und schwammen dann noch ein Stück weiter raus.

»Reinhold hat mir zweihundert Euro angeboten, wenn ich mit dir schlafe«, sagte Verena, als wir nach geschätzt hundert Metern wieder umkehrten.

»Wie?«

»Er will halt, dass du das hinter dich bringst.«

Ich war für einen Moment sprachlos. Weil er sie ganz offensichtlich gefragt hatte, ob sie auf mich steht. Was sie verneint haben muss, sonst hätte er ihr schließlich nicht so ein schwachsinniges Angebot gemacht. Geld konnte keine Rolle mehr für sie spielen.

»Ich hab ja gesagt«, fügte Verena hinzu und lachte. »Hundert hab ich mir gleich anzahlen lassen.«

»Ja, aber ...«

»Keine Sorge. Ich schlafe heute bei dir, wir machen bisschen Geräusche, dann hol ich mir den Rest.«

»Genauso hatte ich es mir immer vorgestellt«, sagte ich und versuchte zu lachen, während sich in mir alles zusammenzog und verknotete. Dabei kam ich aus dem Schwimmrhythmus und platschte ein paar Mal wild mit den Händen ins Wasser.

»Alles okay?«

»Ja, klar.«

Verena sah mich durchdringend an. Ich versuchte, ihrem Blick standzuhalten, eine fröhliche Miene aufzusetzen, um diese beschissene Situation zu übertünchen. Doch sie begriff in diesem Moment, dass ich in sie verliebt war, und sie mir gerade ganz nebenbei erklärt hatte, dass aus uns nichts wird.

»O shit. Nee, Kolja. Echt?«

Ich tauchte einfach ab und kraulte dann zurück zur Boje, wo meine Füße auf dem schleimig-weichen Untergrund Halt fanden. Meine Gefühle zu leugnen wäre sinnlos gewesen. So wie der ganze Plan, zwei suizidale Jugendliche zu retten, offenbar eine weitere Sternstunde der Sinnlosigkeit in meinem Leben war. Ich musste an die Sommerferien vor ein paar Jahren denken. Da die Scheidung gerade *sehr kostspielig* war, fiel eine Reise nach Italien oder so aus. Stattdessen meldete mich Mama bei einem Segelkurs an. Mein Vater nahm sich einen Tag frei, um die Abschlussregatta ansehen zu können. Ich schaffte es, den Optimist schon vor dem Start zum Kentern zu bringen. Nachdem mir der Segellehrer das Boot wieder aufgerichtet hatte, kam ich bis zum ersten Wendepunkt, wo mich eine unerwartet starke Böe erneut umkippen ließ.

»Das ist wirklich sinnlos mit dir«, hatte mein Vater auf der Heimfahrt geseufzt und angeregt, den Surfkurs zu stornieren, mit dem er mich in der letzten Ferienwoche eigentlich überraschen wollte. Wasser und Wind seien wohl nicht so meins. Es sind diese kleinen Sätze, mit denen Eltern ihre Kinder vernichten. Ich schwor, nie wieder ein Boot zu betreten. Und war ein wenig froh, denn ich hatte sowieso keinen Bock auf Windsurfen.

Verena kam zu mir, stellte sich neben mich und schaute über den See.

»Er hat mir schon gestern gesteckt, dass du auf mich stehst«, hörte ich sie sagen. »Hatte ich befürchtet. Und wenn ich in der Lage wäre, mich in einen Jungen zu verlieben, dann wäre das auch ... also, das würde echt passen.«

Ich sah zu ihr. Sie presste ihre Lippen zusammen und wich meinem Blick aus. Also nickte ich einfach und versuchte zu lächeln.

»Wenn das so ist, sollten wir heute Nacht ein erotisches Hörspiel für Reinhold inszenieren. Neunzig Minuten mit mehreren Höhepunkten.«

»Und das Geld teilen wir«, meinte Verena. Ich konnte die Anspannung aus ihrem Gesicht weichen sehen und versuchte, mich ebenfalls wieder zu entspannen. Fraglich war allerdings, ob ihre sexuelle Orientierung mit den grässlichen Männern zu tun hatte, die sie durch ihre Kindheit begleitet hatten. Wobei das eine das andere ja nicht bedingt, soviel wusste ich auch.

»Sollen wir bisschen knutschen, so als Vorspiel für Reinhold?«, schlug Verena vor. Sie konnte nicht wissen, wie weh mir dieser kleine Witz in dem Augenblick tat. Ich hätte mir nichts Schöneres vorstellen können, als sie zu küssen. Nur eben nicht als Schauspiel, sondern halt echt. Kurz wünschte ich, einfach im Plattensee zu versinken und nie wieder aufzutauchen.

Ich lehnte das Angebot ab. Verena versprach, mich dafür dabei zu unterstützen, bei Katta zu landen. Die schien ja gerne mit mir zu quatschen.

Dass wir beim Zurückkommen Reinhold mit unseren drei Nachbarn lachend am Ufer vorfinden würden, hätte ich nie im Leben erwartet. Aber er war offenbar über irgendeinen Schatten gesprungen und erzählte gerade etwas, worüber sich die anderen kringelig kicherten.

»Ey, Kolja, Verena, die sind so geil!«, rief er uns entgegen. »Wisst ihr, was das Haus nebenan für 'ne Woche kostet?«

Wir schüttelten die Köpfe, während wir unsere Handtücher aufhoben und uns abzutrocknen begannen.

»Sechshundertdreiundachtzig Euro. Das kannst du locker auch für die Hütte von deinem Opa verlangen! Das sind dreitausendfünfhundert Euro im Jahr!«

Verena nickte nur, weil es ihr wohl genauso gleichgültig war wie mir. Und große Lust, mit den Neuen zu reden, hatte ich so frisch gekorbt auch nicht.

»Hi, ich bin Nessie. Und das ist mein Freund Leo.«

»Hi. Ja, hat Katta mir schon verraten. Ich bin Kolja.«

»Verena.«

»Reinhold hat gesagt, dass ihr digital Detox macht. Find ich total cool«, sagte Nessie. »Würde ich auch total gerne mal machen, ist nur leider Teil meines Jobs.«

Sie wollte ganz offensichtlich von ihrem Leben als Likejunkie erzählen, aber weder Verena noch ich hakten nach. Die Detox-Nummer war ziemlich schlau, wäre ich nicht drauf gekommen.

»Nessie ist Mikro-Influencerin«, erklärte Leo trotz unseres Desinteresses. »Das ist ein relativ unbekannter Markt. Die meisten denken, ey, als Influencer brauchst du 'ne Million Follower. Aber inzwischen ist klar, dass davon zwei Drittel Bots sind. Deswegen konzentrieren sich immer mehr Firmen auf Leute mit zehn- bis hunderttausend Followern. Weil da der Impact größer ist.«

»Zehn Follower hab ich auch«, lachte Reinhold.

»Zehntausend«, erwiderte die sarkasmusbefreite Nessie. »Ich hab jetzt rund vierunddreißigtausendsiebenhundert, und ich prüf da wirklich jeden. Leere Profile kriegen gleich einen Block.«

»Ich hab auch ein leeres Profil«, meinte Verena. »Wenn ich euch jetzt folgen würde ...«

»Tja, dann: tough luck, Alder«, lachte Leo.

»Alles klar. Und du bist ihr Mikro-Pimmel?«

Die Frau, die ich liebte, und die mich nicht lieben konnte, hatte es einfach drauf. Reinhold, Katta und ich lachten, der muskulöse Bro steckte den Spruch aber mit einem Lächeln weg.

»Wollt ihr auch gefilmt werden?«, fragte Katta.

»Nee. Bitte nicht«, antwortete ich.

»Kein Thema. Dann wird dein süßes Grinsen eben nicht festgehalten.«

Konnte sein, dass Katta mit mir flirtete. Ich war jedoch nicht in der Stimmung, darauf einzugehen. Ich wollte nur raus aus der Situation. Leo und Nessie gingen mir auf die Nüsse, ihre Anwesenheit verhinderte dazu noch Gespräche über Dinge, die mich eventuell interessiert hätten. Wobei ich zugeben muss, dass mir spontan kein Thema eingefallen wäre, das man in dieser Runde hätte durchkauen können. Also zog ich mich an, ging zum Kiosk und kaufte zwei Flaschen Gin und drei Liter Tonic. Dazu ließ ich mir sechs Plastikbecher geben und einen Kübel Eis. Was wurde ich gefeiert. War mir jedoch unwichtig, der Plan war, mich aus dem Geschehen zu beamen, und das mit viel Alkohol.

»Die eine Flasche ist für euch, die andere ist meine.«

»Kudos, Alder«, meinte Leo.

Die Neuen lachten, Verena warf mir einen irritierten Blick zu. Den konnte ich gut ignorieren, öffnete meine Flasche, mischte einen Drink mit etwa einem Drittel Gin an und trank ihn auf ex. Dann einen zweiten mit derselben Mischung. Keine fünfzehn Minuten später zog das Zeug mir den Stecker.

12

Verena berichtete mir am frühen Abend, wie der Rest des Tages verlaufen war. Reinhold war einkaufen gefahren, und wir tranken zum zweiten Mal an diesem Tag zusammen Kaffee. Der schien meine pochenden Kopfschmerzen zu lindern. Das Brennen der Schürfwunden am Rücken hingegen blieb.

»Du solltest definitiv nicht mehr saufen. Oder einfach durchgehend, dann gewöhnt sich dein Körper daran«, meinte Verena.

»Nee, muss er nicht. Mir reicht's erstmal.«

»Sehr schön. Mir auch.«

Shit. Das klang nicht gut. Meine Erinnerung an die vergangenen Stunden war ein Scherbenhaufen im Alkoholnebel. Einzelne Bruchstücke waren greifbar, hatten aber scharfe Kanten, an die ich mich nicht rantraute: eine Rosenhecke. Enten. Verena wütend. Reinhold, auf meiner Brust sitzend. Der Spielplatz. Katta lachend. Ein brüllender ungarischer Mann. Wasser.

»Ich ... sorry. Ich hab totalen Filmriss.«

»Sei froh.«

»Also, was ich noch weiß ist, dass ich erstmal versucht habe, die anderen von ihren Handys zu befreien. Ich meine, die sind echt nur an den Teilen, oder?«

»Du hast ungefähr zehn Minuten abgelabert, dass es Studien gäbe, die zeigen, dass jungen Menschen ein Knochen am Hinterkopf wächst, wenn sie dauernd den Kopf nach vorne beugen, um auf ihre Screens zu starren. Und dann hast du sie nachgemacht. Aber nicht lustig, sondern ... kacke.«

»Ach, ja. Hinterhauptbein-Protuberanz. Hat mir mein Vater eingebläut.«

»Hat auf jeden Fall funktioniert. Dann war eigentlich alles recht gechillt. Also, bis du dich der Entenfamilie anschließen wolltest, die aus dem Schilf gekommen und über die Wiese gewatschelt ist.«

»What?!«

»Da gab's schon immer welche. Wahrscheinlich wissen die, dass sie von den Leuten Krümel und so bekommen. Oder runtergefallene Pommes.«

»Und was genau hab ich gemacht?«

Hinterhergewatschelt bin ich. In der Hocke. Schnatternd. Um bei den anderen Badegästen Pommes und Sandwichs zu klauen. Was bei einem ziemlich kräftigen Ungarn nicht gut ankam. Reinhold hat angeblich in letzter Sekunde eingreifen und verhindern können, dass der mich krankenhausreif prügelt. Nessie und Leo haben sich fast kaputtgelacht und alles selbstverständlich gefilmt.

»Ich hab mir den Mund fusslig geredet, damit die das nicht posten. Falls dich einer von denen fragen sollte: Dein Vater ist ein top Medienanwalt, der dir verbietet, irgendwelche Videos oder Fotos von dir zu veröffentlichen, wegen Karriere und so.«

»Danke.«

Nachdem ich mit meiner neuen gefiederten Familie eine Runde geschwommen bin, habe ich mich neben Katta gesetzt. Nessie und Leo sind ins Wasser und haben Reinhold mitgeschleift. Und ich muss überraschend lustig gewesen sein. Auf jeden Fall haben sich Verena und Katta über mich krankgelacht. Angeblich habe ich über Sexualität referiert, der ich sehr skeptisch gegenüberstehen würde. Sie wäre vorrangig destruktiv, so meine Ausführungen, in denen ich mich wohl intensiv mit den außerehelichen Affären meiner Eltern auseinandergesetzt haben muss. Geendet habe ich mit der klaren Aussage, dass es mir völlig egal wäre, ob ich jemals in meinem Leben Sex habe. Worauf Katta gemeint haben soll, das würde sich bestimmt ergeben, falls ich irgendwann mal wieder nüchtern und dann ebenso unterhaltsam sein sollte.

»Das hat sie wirklich gesagt?«, fragte ich.

Verena nickte. »Und du hast erklärt, dass du nicht vorhast, jemals wieder nüchtern zu sein, und spontan eine upgedatete Version vom Ententanz vorgeführt.«

Daran konnte ich mich sogar noch schemenhaft erinnern. Und an die Blicke der beiden Mädchen, die zusammen auf einem Handtuch saßen und miteinander lachten. Dass ich erst dachte, meine Performance wäre der Grund dafür, aber dann das Gefühl hatte, dass sie ganz woanders waren und mir gar keine Beachtung schenkten. Weshalb ich ...

»Hab ich euch Geld gegeben?«

»Du wolltest. Du hast behauptet, ein paar tausend Euro dabei zu haben. Davon wolltest du uns jeder fünfhundert geben und 'ne Runde Shopping-Queen spielen.«

»Aber ihr habt abgelehnt.«

»Natürlich.«

»Tut mir leid.«

Der Ententanz war schon peinlich gewesen, denn er sollte komisch sein. Aber mit meiner Kohle angeben, einen auf dicke Hose machen, um ihre Aufmerksamkeit wiederzuerlangen, war ultimativ low. Am liebsten hätte ich in dem Moment Lajos' Grab aufgebuddelt und mich zu ihm gelegt. Diese angeberische Seite von mir verachtete ich. Sie kam immer zum Vorschein, wenn ich das Gefühl hatte, mit meiner Persönlichkeit kein Land gewinnen zu können. Wie auf der ersten Klassenfahrt nach dem Schulwechsel.

Damals hatte ich auch deutlich mehr Geld mitgenommen, als die Schule empfohlen hatte. Eigentlich bloß, weil meiner Erfahrung nach Jugendherbergsessen unter aller Sau war: Spaghetti Bolognese mit verkochten Nudeln und viel zu viel Tomate, Gemüseeintopf mit labbrigen Karotten und massiv Zwiebeln oder Reis mit Huhn in einer dickflüssigen Currysauce, für die man den Koch in Indien steinigen würde. Also hatte ich vorgehabt, mich zwischendurch abzuseilen, um irgendwo in der Gegend was Genießbares zu bekommen. Weil das Essen aber überraschend gut war, und ich der Außenseiter im Sechserzimmer, hatte ich am letzten Abend die großartige Idee, mein Extrageld in Aldi-Champagner zu investieren. Um dazuzugehören und vor allem die Mädchen zu beeindrucken. Die wollten allerdings nur Jägermeister – und ich galt fortan als schwul. Wegen eines Getränks. Bei Gleichaltrigen, die sonst Fridays for Future und Diversity feierten.

Bei Katta und Verena habe ich mich angeblich auch sofort für die Shopping-Queen-Idee entschuldigt und wieder auf mein Handtuch gepflanzt. Mich hatte wohl die Panik erfasst, dass sich alle beide überhaupt nicht mehr für mich interessieren könnten und ich mal wieder allein sein könnte, ausgegrenzt und abgehängt zwischen fünf anderen Jugendlichen, denn Reinhold hatte offensichtlich mit Nessie und Leo connected. Also begann ich mich für mein Besoffensein zu entschuldigen und kam dann irgendwie darauf, psychologische Profile der beiden anderen Jungs zu erstellen.

»Die hast du so krass genau getroffen. Leo, der Schülersprecher und Hauptdarsteller in der Theater AG. Außerdem im Fußballverein, aber nicht gut genug für eine Karriere, was eigentlich immer sein Ziel war. Der sich erst nach dieser Einsicht vom begehrtesten Mädchen der Schule hat rumkriegen lassen. Seitdem steht er in ihrem Schatten und checkt langsam, dass er eben genau dieses kleine gewisse Extra nicht hat. Sein TikTok-Channel krebst noch unter tausend rum, obwohl ihn Nessie sogar teilweise in ihren Videos auftreten lässt. Aber jetzt hat er Reinhold gefunden, der schon immer auf der Suche nach jemandem war, neben dem er die zweite Geige spielen kann. Wobei niemand ahnen würde, dass er ein dunkles Geheimnis hat.«

»Ich glaube, ich hab gesagt, er hätte eine dunkle Saite. So als Wortspiel. Wegen Geige.«

»Ach so. Haben wir nicht gecheckt.«

Was an meiner schnellen Charakteranalyse beeindruckend gewesen sein soll, war mir schleierhaft. Leo hatte ganz offensichtlich die Rolle des übertrieben netten Kerls eingenommen, die ich ihm nicht abnahm. Was er wohl gespürt hatte. Deswegen hatte er sich auf Reinhold konzentriert. Welchen Zweck er damit verfolgte, konnte ich nicht sagen, als Egobooster und wandelnden Bewunderer vielleicht. Denn es war unverkennbar, dass dieser langhaarige Selbstdarsteller meinen Kumpel sofort in seinen Bann gezogen hatte.

13

»Abend, Duffy Duck!«, war das Erste, was ich von Leo zu hören bekam, gefolgt von einem »Alder«. Fand er irre witzig. Ich gab ihm zwar Credits, dass er nicht Donald gewählt hatte, antwortete dennoch mit einem Mittelfinger, worauf er sich lachend abwandte. Er hatte sich in seine Trainingssachen geschmissen und begann eine Stretchprozedur, die ihm garantiert irgendein Fitness-Influencer als *ultimative Aufwärmübung – die Geheimwaffe der Profis* verkauft hat, um kurz darauf loszulaufen. Wenn ich eins auf der Welt nicht verstehe, ist es Joggen. Sieht immer aus wie wegrennen.

Was sich in der nächsten halben Stunde herauskristallisierte, war, dass ich dank des Auftritts heute Mittag nun der Depp im Abseits war. Dass Nessie nur die Hand hob, um mir zu signalisieren, dass sie meine Anwesenheit registriert hatte, war kein Thema. Aber Kattas kurz angebundenes »Hey« war schmerzhaft.

»Ich hab mir Alkoholverbot verordnet«, rief ich deswegen rüber.

»Gute Entscheidung«, kam es knapp zurück. Dann widmete sie sich ihrem Handy und ich verkniff mir einen Witz über Hinterhauptbein-Protuberanz. Schien so, als ob Verena sich nicht sonderlich ins Zeug gelegt hatte, um mich bei ihr als möglichen Paarungspartner zu etablieren. Sollte mir auch egal sein, denn meine Ausführungen zur Sexualität des Menschen waren wohl fundiert, meine ehrliche Überzeugung und das ganze Thema nicht so wichtig für mich.

Nach einer guten Viertelstunde trat Verena frisch geduscht und geschminkt aus dem Haus. Sie trug auch neue Kleidung, deren Herkunft mir ein Rätsel war. Hatte sie doch mein Geld angenommen?

»Wie sehe ich aus?«, fragte sie mich.

»Top.«

»Sind Kattas Sachen. Bisschen eng, aber geht doch, oder?«

»Warum ist dir das so wichtig?«

»Überleg mal ganz scharf. Warum will ich nicht scheiße aussehen?«

Ich ließ das rhetorisch im Vorgarten stehen und wandte meinen Blick von ihr ab. Obwohl ich zu gerne gewusst hätte, was der Plan für den Abend war. Leo kam von seiner kurzen Joggingrunde zurück, sah Verena und rief ihr zu, dass er nur schnell duschen wolle, dann ginge es los. Wenn sie mir nicht von sich aus erzählen würde, was sie mit unseren Nachbarn vorhatte, auch gut. Sie zu fragen, fiel aus. Insgeheim hätte ich mir in den Arsch beißen können, überhaupt so dämlich gewesen zu sein, Katta und ihre beiden TikTok-Tröten angesprochen zu haben. Und mich anschließend abzuschießen.

»Wir fahren in ein Restaurant in Balatonakarattya. Da war ich als Kind immer. Der einzige Ort, an dem meine Mum und mein Vater nie gestritten haben, glaub ich.«

Keine Aufforderung, sie zu begleiten, nur ein Verlegenheitslächeln. Dass sie diesen besonderen Ort nicht mit mir teilen wollte, versetzte mir einen Stich. Ich konnte sehr gut akzeptieren, dass wir niemals ein Paar sein würden. Aber für sie war sogar unsere Freundschaft nicht tief genug, nur ein Versprechen, sich gemeinsam aus dem Leben zu verabschieden. Falls das überhaupt noch stand.

»Keine Ahnung, wann wir wieder da sind. Vielleicht gehen wir danach noch in einen Club oder so. Aber Reinhold kommt bestimmt bald mit was zu essen zurück. Und falls ihr pennen geht, sehen wir uns morgen früh zum Kaffeetrinken, ja?«

Ich nickte. Sie ging.

Reinhold stellte seine lila Bestie etwas später nicht nur mit genug Futter für eine halbe Armee in der Einfahrt ab, sondern hatte auch noch eine Wundsalbe für meinen Rücken besorgt. Da der Beipackzettel ungarisch war, hatten wir keine Ahnung, wann man die auf die Kratzer schmieren sollte. Ich kannte nur die deutsche Salbe, bei der man warten musste, bis sich die Kruste von den Wunden löst. Aber vielleicht war die hier anders. Wie damals, als ich am ersten Tag auf der Türkeirundreise mit meiner Mutter letztes Jahr den bösesten Durchfall aller Zeiten bekommen hatte. In der Apotheke gab man ihr ein Medikament, das sofort wirkte. Und das sie, zurück in Frankfurt, einem Arzt zeigte, der erklärte, ja, das wirke sicher, sei aber eigentlich für Pferde. Kein Witz. Deswegen ließ ich es auch jetzt drauf ankommen und Reinhold meinen Rücken damit einschmieren.

»Digga, das tut mir echt leid, das mit der Hecke«, sagte er dabei. »Ich hab nur aus Scheiß *Bullen, weg hier* gebrüllt. Also, vor allem, weil es mich gelangweilt hat, dass Verena und Katta die ganze Zeit Händchen gehalten haben. Keine Ahnung, was das sollte, Digga. Konnte ja nicht wissen, dass du sofort über den nächsten Zaun hechten würdest.«

»Haben wenigstens alle gelacht?«

Ich konnte sein Grinsen im Nacken spüren. Komischerweise überraschte mich die Information über Katta und Verena nicht besonders. Ich hatte bei ihr ja eh verkackt.

»Muss sehr lustig gewesen sein«, räumte ich ein.

»Vor allem, als dann die beiden Hunde kamen. War echt Glück, Digga, dass der Besitzer gerade im Garten war. Sonst hätte das übelst enden können.«

Dass er binnen weniger Stunden begonnen hatte seine Sprache komplett durchzudiggern, musste an Leos Einfluss liegen. Wobei sein Digga ein Alder war. Reinhold hatte das garantiert ebenso mitbekommen und sich entsprechend eingediggert. Jämmerlich. Vor allem, weil es deutlich machte, dass auch er nun wohl weniger meine Freundschaft, sondern die des, ich zitiere, *Spast von nebenan*, Zitat Ende, suchte.

»Ich mach uns jetzt schnell zwei Schnitzel mit Pommes, danach cruisen wir, Digga.«

Für das Essen, das er eine halbe Stunde später aus der kleinen, siffigen Kochecke im Erdgeschoss nach draußen brachte, verzieh ich ihm seine sprachlichen Abwege. Ich hatte ihn beim Kochen beobachtet. Er wusste genau, was er tat. Er bestrich die Fleischstücke mit Butter, bevor er sie in Frischhaltefolie packte und flach klopfte. Danach legte er sie in einen Teller voll Mehl, zog sie anschließend durch eine Schüssel mit aufgeschlagenen Eiern, um sie so in einen Teller mit Bröseln zu legen. Von da gab er sie in ein heißes Butter-Öl-Bad in der Pfanne. Nicht mal meine Mutter hatte sich je so viel Mühe und Arbeit in der Küche gemacht. Aber das Ergebnis war es wert: Das Schnitzel an

Pädo-Peters Lieblingstanke war im Vergleich ein räudiges Stück Gammelfleisch.

»Wo hast'n das gelernt?«

»Bei meiner Oma. Wollte meine Mutter so, damit sie's nicht machen muss. Wenn die gekocht hat, hat es immer nach Hass geschmeckt. Aber die haben hier auch echt gutes Fleisch. Also besser als bei Aldi auf jeden Fall.«

Er schob sich ein großes Stück Schnitzel in den Mund und kaute, rollte dabei genießerisch die Augen und machte »mjam mjam mjam«. Ich tat es ihm gleich, und wir lachten und genossen den Rest unseres Abendessens schweigend.

»Weißt du eigentlich, warum Verena allein mit denen weg ist?«, fragte ich, als wir den Abwasch erledigten.

»Haben die am See ausgemacht. Und du meintest, dass du keinen Bock drauf hast, Digga, einmal um den halben See zu gurken. Da hab ich gesagt, dass ich mit dir hierbleibe.«

»Danke. Und lass bitte das Digga weg.«

»Sag ich das wieder? Mann, Digga ... Ja, jetzt hab ich's auch gehört. Sorry.«

Reinhold reichte mir einen Teller und tauchte dann die Pfanne ins Spülwasser.

»Und wie sind die so? Also Nessie und Leo?«

»Sie ist schwierig, er ganz in Ordnung. Also dafür, dass er bei ihr, keine Ahnung, der Honk für alles ist. Glaub nicht, dass der allein was auf die Reihe bringt. Eher einer, der sich im Forum anmeldet, wenn sie Schluss macht.«

Ich musste lächeln, weil Reinhold offenbar auch ganz gut darin war, Leute einzuordnen. Ich nahm die Pfanne entgegen und trocknete sie ab.

»Schätze mal, der sucht Freunde«, meinte Reinhold noch. »So Jungs wie dich und mich. Weil nur mit den beiden Mädchen abhängen kann's ja auch nicht sein.«

»Klar. Deswegen hat er jetzt noch ein drittes mit im Auto.«

»Ja, logo. Damit er endlich mal mit seiner Perle quatschen kann, ohne dass Katta zuhört und mitredet.«

Ich dachte es ungern, aber: Ja, machte Sinn. Wobei die Initiative auch von Katta ausgegangen sein konnte, weil sie das Gelaber der beiden anderen einfach nicht mehr ertragen wollte. Weshalb sie schon nach der Autofahrt sofort Kontakt zu mir, respektive uns, gesucht hatte.

»Und was machen wir zwei Hübschen heute noch?«

»Keine Ahnung.«

»Haste Kater?«

»Nö, geht«, antwortete ich. Und wunderte mich selbst, dass ich zwar noch etwas langsam im Kopf war, aber insgesamt eigentlich startklar für irgendeine Aktion.

Reinhold grinste: »Alles klar. Dann mach dich mal frisch und zieh was Gutes an – ich weiß, wo wir hinfahren.«

Korrekter Plan. Den ganzen Abend in diesem tristen Vorgarten zu verbringen, hätte mich sicher auf düstere Gedanken gebracht.

14

Eine halbe Stunde später hielt die lila Bestie auf einem Schotterparkplatz. Ich hatte mir für die letzten hundert Meter die Augen zuhalten müssen, ahnte jedoch bereits, wohin wir unterwegs waren. Reinhold stieg aus, kam zur Beifahrertür und half mir beim Aussteigen. Dann sollte ich die Hände wegnehmen und einfach nur gucken.

Ich blickte mich um. Links von uns stand ein Steinhaus mit roten Fensterläden, vor uns führte eine Steintreppe einen kleinen Hügel hinauf, auf dem zwei Bäume die Sicht blockierten. Gut, ich konnte dahinter eine Felswand erahnen, rissig und so mittel hoch.

»Derb, oder?«, fragte Reinhold.

»Wie? Ist das der scheiß Vulkan?«

Meine Enttäuschung hätte nicht größer sein können. Verenas Beschreibungen nach hatte ich mit einer Wand wie El Capitan im Yosemite-Nationalpark gerechnet. Mit einem gigantischen Berg, wie ein abgeschnittener Verkehrspylon. Ein Denkmal der Geburt unseres Planeten, schroff und bedrohlich, mit Geröll und Schotter an den Flanken. Was uns da hinter den Bäumen offensichtlich erwartete, dürfte von jeder zweiten verfurzten Abbaukante in deutschen Steinbrüchen übertroffen werden.

Reinhold sparte sich eine Antwort und ging los in Richtung Treppe. Ich folgte ihm. Innerlich war ich zu meiner eigenen Überraschung fast wütend, dass dieser Ort so mickrig wirkte. Denn eigentlich hätte ich froh sein sollen. Schließlich hätte ich so sagen können, dass mir das für meinen letzten Schritt nicht cool genug war.

Da ich auf die etwas unregelmäßig gebauten Stufen achtete, schenkte ich der Wand keine weitere Aufmerksamkeit, bis ich oben angekommen war. Reinhold stand vor einer kleinen Informationstafel, hinter ihm ragte der Hegyestű in den Himmel. Die raue Felswand war so fünfzig, sechzig Meter hoch und wirkte wie eine aus Hunderten von Steinsäulen geformte Kathedrale, die auf einem Sockel aus weiteren Steinsäulen stand. Der erste Eindruck hatte mich getäuscht: Der blöde Vulkan zog mich in seinen Bann.

»Ich dachte immer, Verena will in den Krater von dem Ding springen. Aber es sieht eher aus wie ein Steinbruch. Als hätten die den oberen Teil von dem Vulkan einfach in der Mitte abgeschnitten, oder nicht?«, sagte Reinhold.

Ich nickte.

»Ich war mal in Weimar«, fuhr er fort. »Da gibt's so 'ne Wand, wo sie Travertin abgebaut haben. War zwar nicht so groß und auch nicht ganz so hoch, aber sonst voll gleich. Angeblich hat Goethe mal dagegengeschifft.«

»Was ist denn Travertin?«

»So 'ne Steinsorte aus Thüringen. Da sind die bekloppt stolz drauf. Mein Onkel, der mit dem Benz, hat immer behauptet, dass der Sockel der Freiheitsstatue in New York aus Thüringer Travertin ist. Stimmt aber nicht, hab ich gegoogelt.«

»Das hier ist bestimmt auch 'ne bestimmte Sorte Stein.«

»Wahrscheinlich Vulkanin oder so«, schätzte Reinhold, und ich glaube, er meinte es sogar ernst.

»Wollen wir hochgehen?«

Rechts von uns führte ein kleiner Weg zu einer weiteren Treppe, über die wir auf die nächste Stufe, also den Sockel kamen. Von dort hatte man einen krassen Ausblick über die Landschaft mit all ihren anderen erloschenen, inzwischen bewaldeten Vulkankegeln. Im Süden schimmerte der Plattensee wie ein Silbertablett in der Sonne.

»Boah, jetzt würde ich gerne mein Handy rausholen und checken, bis wann die ganzen Vulkane hier aktiv waren.«

»Ohne SIM-Karte?«

»Ich mein ja nur.«

»Kann ich dir ohne Google sagen: bis vor einer Million Jahren.«

»Woher weißt du das?«

»Wer sagt, dass ich das weiß? Ist nur eine Zahl. Und scheißegal, ob die stimmt. Wenn du's genauer brauchst, kannst du mein Handy nehmen.«

»Wie?«

»Ich hab meine SIM nicht weggeworfen.«

»Spinnst du? Stell dir mal vor, dass die gecheckt haben, dass ich weg bin. Oder Verena.«

»Ja, und?«

»Was und? Wenn die jetzt nach ihr fahnden und auf ihrem Computer 'ne Verbindung zu dir hergestellt haben? Echt, Reinhold, das ist total beschissen!«

»Komm mal wieder runter. Ich hatte mein Handy die ganze Zeit aus. Aber selbst wenn nicht: Glaubst du echt, dass die nach euch fahnden würden? Ist dein Vater Bundeskanzler?«

»Nee, aber trotzdem. Schmeiß deine Karte weg.«

»Wozu? Uns sucht keiner. Und meine Mutter feiert wahrscheinlich, dass ich weg bin.«

»Ja, aber meine nicht«, antwortete ich. Klar, ihm konnte egal sein, dass sein Aufenthaltsort feststellbar war, sobald er sein Handy anschaltete. Die Frage war vielmehr, warum es mir überhaupt wichtig war, dass auf keinen Fall bekannt werden durfte, wo ich mich befand.

»Fuck it, lass einfach zur Spitze gehen.«

Bester Vorschlag. Weil es wirklich schnuppe war, ob die Vulkane bis vor tausend oder einer Million Jahren ihr Feuer und Magma in die Wolken gespuckt haben. Außerdem stand neben der dritten Treppe ein Schild, das auf Ungarisch, Deutsch und Englisch darüber informierte, dass *auf dem einstigen Gipfel des Basaltvulkans, in einer Höhe von 338 m, die Spuren einer Festung zu erkennen sind*. Und man *vom Gipfel eine ausgezeichnete Rundsicht* hat. Basalt musste also das Gestein sein. Hätte ich Reinhold sagen können, fand es aber lustiger, ihn an Vulkanin glauben zu lassen.

Der Weg zum höchsten Punkt des Hegyestű war so mittelsteil und nicht besonders weit. Oben war noch ein älteres Paar, das Fotos machte, die nie wieder angesehen werden würden, uns freundlich grüßte und dann ging. Das Schild hatte nicht gelogen. Die Rundsicht war großartig. Wald, Wiesen und erloschene Vulkane hatte ich in meinem Leben zwar schon oft gesehen, Stichwort Odenwald, Spessart und Taunus, aber das hier war eine andere Hausnummer. Und, nein, das lag nicht am ersten Eindruck. Dieser Berg hatte etwas beängstigend Magisches.

Der Aussichtspunkt war von einem knapp zwei Meter hohen Zaun umgeben, dessen oberer Teil in unsere Richtung geknickt war, um das Drüberklettern zu erschweren. Ein meiner Meinung nach halbherziger Versuch, die Leute von der Abbruchkante fernzuhalten. Zusätzlich warnte ein weiteres Schild auf Englisch davor, zu nahe an die *cliff* zu *steppen*, weil *danger*. Als ich bemerkte, dass sich Reinhold die ganze Zeit an dem Zaun festhielt, und ihn darauf ansprach, meinte er, dass er Höhenangst hat.

»Ich dachte, Angst wäre für uns Leminge kein Thema mehr«, sagte ich und betonte den ersten Vokal, um mich über seine Rechtschreibschwäche lustig zu machen.

»Ist ja nicht so, als ob ich Schiss hätte, sondern einfach eine Angst, die in mir drin ist.«

»Und kannst du trotz der über den Zaun klettern?«

»Bestimmt.«

»Bestimmt ist der Bruder von Keine Ahnung.«

»Ich mach's, wenn du zuerst rübersteigst.«

Ich zuckte mit den Achseln, ging zur Ecke des Zauns, weil es da sicher einfacher wäre. Ich zog mich hoch, fand mit den Füßen irgendwie Halt und schaffte es tatsächlich auf die andere Seite. Allerdings hielt ich mich dort auch fest. Runterfallen wäre lebensrettertechnisch nämlich enorm kontraproduktiv. Andererseits ... Ich ließ los und machte behutsam einen Schritt auf den Abgrund zu, von dem mich etwa drei Meter kniehohes Gras trennten. Kurz vor der Kante war ein viereckiger Stein in den Grund gerammt worden, zur Landesvermessung oder so. Zu dem wollte ich. Und dann runtergucken.

Mit jedem kleinen Schritt, den ich mich der Abbruchkante näherte, schlug mein Herz heftiger, denn meine Perspektive verschob sich langsam. Der beeindruckende Ausblick auf die Welt, die Natur, das Leben rund um mich engte sich ein, während sich der Abgrund vor mir immer weiter öffnete. Es war, als hätte ich die Schwelle in eine andere Zeitdimension überschritten, als wäre ich aus der Zeit gefallen. Mein Herz pumpte literweise Adrenalin durch den Körper. Jeder Muskel, egal wie schwach, war angespannt. Und vor mir schob sich die Kante wie ein steinerner Vorhang langsam zurück, um den Blick in die Tiefe freizugeben, die mich irgendwie anzog. Nur zwei schnelle Schritte, und alles wäre vorbei. Nie mehr Schule, nie mehr Stress, nie mehr meine Eltern enttäuschen, kein Ärger mehr. Scheiß auf Verena, Reinhold und den Pakt, denn genau dies wäre die Lösung. Wenn ich jetzt spränge, könnte mein Tod die zwei womöglich davon abhalten, mir ins Jenseits zu folgen. Mein Opfer-

»Ey! Stopp jetzt!«, hörte ich Reinholds Stimme wie aus großer Ferne zu mir durchdringen. Ich drehte mich um und sah, dass er tatsächlich Wort gehalten und ebenfalls über den Zaun gestiegen war.

»Das reicht!«, rief er.

Mit einem Schlag waren meine Gedanken wieder klar. Er hatte absolut recht, und nun packte mich die Angst. Ich fror regelrecht ein. Mein Abstand zur Kante war auf einen knappen halben Meter geschmolzen. Wenn ich jetzt stolperte, gäbe es kein Halten. Statt mich umzudrehen, machte ich vorsichtig drei Schritte rückwärts, bis ich mit dem Hintern gegen den Zaun stieß. Erst da wandte ich mich vom Abgrund ab und lächelte, weil ich endlich verstand, warum Verena diesen Ort ausgewählt hatte. Ich hatte seinen magischen Sog gespürt.

Den Abstieg und Weg zurück zum Auto über schwiegen wir. Hatte Reinhold meinen Impuls, einfach hier und jetzt Schluss zu machen, gespürt? Als ich mit dem Rücken am Zaun stand, hatte er mich ein zweites Mal gepackt. Und ich weiß nicht, was geschehen wäre, hätte er nicht seine Hand auf meine Schulter gelegt.

»Ich weiß nicht, ob ich das will«, sagte er, als wir gut zehn Minuten gefahren waren.

»Was?«

»Da runterspringen.«

»Sondern?«

»Keine Ahnung. Und deswegen machen wir jetzt Party, Alder. Ich hoffe, du hast Kohle stecken.«

15

Schwer zu sagen, inwiefern Reinholds Zweifel am Projekt Leming auf mein Zutun zurückzuführen waren. Klar, er war meinetwegen aufgebrochen, hatte Verena und mich besser kennengelernt, dann Leo, weil ich den Kontakt hergestellt hatte. Dafür könnte ich mir schon auf die Schulter klopfen. Aber was, wenn er tatsächlich nie vorgehabt hatte, die Nummer überhaupt durchzuziehen? Konnte das Forum und unsere Reise nur sein verzweifelter Versuch gewesen sein, aus seinem Dreckskaff rauszukommen und Freunde zu finden? Dann war meine Rolle nur die eines Erfüllungsgehilfen oder wie man das nennt. Depp vom Dienst. Schließlich hatte ich auch für Verena die Tür zu den Neuen vom Grundstück nebenan geöffnet.

Eine Gedankensuppe aus Reinholds Rückzieher, Verenas Überlaufen zu den Nachbarn und meinem Hegyestű-Impuls brodelte in mir, während er wie eine gesengte Sau in Richtung Siófok raste.

»Das ist so der Ballermann des Ostens. Der Ballertonmann«, hatte er gesagt und gedacht, dass er mir den Ort so schmackhaft machen könnte. Womit er schwer daneben lag, weil ich diverse Dokus über das Nachtleben auf Mallorca kannte und darauf absolut keinen Bock hatte. Außerdem war mir durch den Exzess heute Mittag noch etwas flau. Das Schnitzel hatte zwar geholfen, dennoch drängte ich unterwegs auf einen weiteren Stopp, um ein paar Pommes einzufahren. Google Maps führte uns zu einem Imbiss namens Nekem a Balaton, der solide bewertet war. Gut, in der ersten Rezension stand, dass das Essen ungenießbar sein sollte, doch dem hatten andere User gleich widersprochen.

Wir hielten auf dem Schotterplatz neben dem Flachbau, auf dem einige Fahrzeuge und ein ganzes Rudel Lime-Scooter standen. Vor dem Lokal waren die meisten Tische besetzt. So ungenießbar konnte es hier also nicht sein. Und mit Pommes hatte ich verdauungstechnisch noch nie schlechte Erfahrungen gemacht, nur halt geschmacklich. Wir steuerten gerade auf den Eingang zu, als ich eine mir bekannte Stimme hörte: »Ey! Kolja!«

Katta. Ich drehte mich um und entdeckte sie mit Leo, Nessie und Verena an einem Tisch. Wenn das Nekem a Balaton das Restaurant war, in das sie als Ortskundige die anderen geführt hatte, dürfte deren Enttäuschung groß gewesen sein. Ich grinste in mich hinein und ging mit Reinhold zu ihnen.

»Was macht ihr zwei Spacken denn hier?«, frage Leo.

»Pommespause«, erwiderte ich.

»Und dann wollen wir nach Siófok, hart feiern«, ergänzte Reinhold. Leos Augen leuchteten auf.

»Hast du doch noch nicht genug?«, fragte Katta und sah mich dabei skeptisch an. Ich schüttelte den Kopf und spürte, dass ich rot wurde. Daran konnte auch mein Verlegenheitslächeln nichts ändern. Zum Glück tauchte die untergehende Sonne die ganze Umgebung gerade in ein Licht, das meinem Teint in dem Moment sehr entgegenkam.

»Man muss die Feste feiern, wie sie fallen«, sagte Verena. »Und wenn man am Balaton ist, ist eine Nacht in Siófok Pflichtprogramm. Ich bin auf jeden Fall dabei.«

»Wir garantiert nicht«, erklärte Nessie.

Leo sah sie an – und ich konnte an seinem Gesicht ablesen, wie daraus seine initiale Begeisterung für die Idee durch die harsche Ablehnung durch seine Freundin wich und sich in einen Ausdruck größter Verachtung für Verenas Spontaneität verwandelte.

»Keine Chance«, bestätigte er auch sofort. »Wir wollen morgen nach Budapest.«

»Knitterfrei und bügelfest sind nur die Frauen aus Budapest«, kam es wie aus der Pistole geschossen von Reinhold. Mit dem halblauten Nachsatz: »Keine Ahnung, was das bedeuten soll. Hab ich mal irgendwo gelesen.«

»Ich tippe mal aufs Sexismusser Tagblatt«, brachte sich nun Katta ein. »Von wegen keine Falten und gut zu vögeln.«

»Haha, wie Stewardessen«, setzte Reinhold nach und ein Seufzen ging um den Tisch.

»Den nächsten Spruch aus der Ecke kannste schlucken. Oder du schluckst Zähne.« Katta konnte Typen wie ihn offenbar ganz gut handeln. Dann wandte sie sich mir zu: »Hat euer Auto Platz für vier?«

Ich verwies sie auf Reinhold und betete still, dass er nicht mit einem Kalauer mit *Sex* kommen würde, während ich mich gleichzeitig fragte, warum *mir* diese Assoziation kam. So niveaulos waren meine Gedanken normal gar nicht.

»Ja, hat er.«

»Cool.«

»Gut, dann hol ich mir jetzt noch ein paar Pommes oder so, und dann, keine Ahnung, fahren wir in so 'ner halben Stunde los?«, schlug ich vor. Der allgemeinen Zustimmung entnahm ich, dass man mir trotz meiner Mittagsentgleisung wieder zuhörte. Vielleicht war ich doch nicht der Gruppentrottel.

»Der Wagen hat sogar Platz für Sex.«

Danke, Reinhold.

Ich hatte erwartet, dass die beiden Mädchen zum Tuscheln und Kichern hinten sitzen würden. Doch Katta hatte ganz selbstverständlich den Beifahrersitz bezogen und war von Reinholds Fahrweise offenbar höchst angetan. An der dritten Ampel legte sie die Hand auf den Schaltknüppel und schlug vor, die Gangwechsel zu übernehmen. Ich war sicher, dass er das nicht zulassen würde – und lag natürlich daneben.

»Wenn mich das Getriebe grüßt, kannst du heimlaufen«, sagte er trocken.

»Und wenn du nicht in acht Sekunden auf hundert bist, darf ich fahren.«

Reinhold grinste zu seiner Beifahrerin rüber, deren Gesicht ich leider nicht sehen konnte, da ich hinter ihr saß. Ich denke mal, dass sie ebenfalls lächelte. Ganz im Gegensatz zu Verena und mir, denn wir verstanden die Welt nicht mehr. Gut, Katta hat nie so richtig echt mit mir geflirtet. Mit Verena war sie, wie ich nun von ihr zugeflüstert bekam, Hand in Hand vom Beach nachhause gegangen. Aber mehr war auch nicht passiert. Katta war also eine von denen, die von den Menschen um sie herum ständig Bestätigung suchen. Die Welt ist ihre Bühne, wer nicht genug applaudiert, wird nicht weiter beachtet. Das kannte ich von meinem Vater, der sich irgendwann mit fast jedem in den Haaren lag. Lediglich noch narzisstischere Menschen wurden von ihm im Stillen beneidet, ihre Methoden später übernommen und ihren Zielen nachgeeifert, um auch denen eines Tages beweisen zu können, dass er eben doch der Bessere ist.

Katta beschränkte ihre Anerkennungssuche noch auf das echte Leben. Vermutlich studierte sie Nessie und Leon, um bald ebenfalls auf Social Media durchzustarten. Wir drei waren für sie ein kurzer Ego-Snack im Urlaub. Wobei Reinhold es ihr deutlich schwerer machte. Als Katta ihm herausfordernd vorschlug, sie irgendwas zu fragen – sie würde alles ehrlich beantworten, egal, wie persönlich –, erwiderte er nur: »Kannst du auch mal die Klappe halten und dich aufs Schalten konzentrieren?«

Besser kann man Narzissten nicht abstrafen. Und um sein Bedürfnis nach weniger Kommunikation zu untermauern, drehte er seine Schrottmucke auf. Verena würgte mimisch, ich verdrehte die Augen. Katta hingegen musste den Mist ja feiern, um Reinholds Gunst nicht endgültig zu verlieren.

Wir hielten schließlich auf einem Schotterplatz, und ich fragte Verena, ob es in Ungarn überhaupt asphaltierte Parkflächen gab, worauf sie mich anschaute, als sei ich der beschränkteste Mensch der Welt. Es wurde langsam dunkel, wie spät genau es war, konnte ich nicht sagen. Offensichtlich aber Zeit zu feiern, denn aus der Ferne konnte man schon Beats hören.

»Okay, da vorne ist die Plázs és Korzó, also die Straße mit den meisten Bars und so. Bock?«, fragte Verena.

»Zum Salatessen sind wir auf jeden Fall nicht hergefahren«, erwiderte Reinhold.

»Und wer fährt uns zurück?«, wollte ich wissen.

Sechs Augen sahen ihn fragend an.

»Das lasst mal meine Sorge sein. Ich kann ganz gut einschätzen, wie lange ich fit bin. Und falls ich mehr trinke, bleiben wir einfach ein, zwei Stunden länger.« Mit einem Augenzwinkern fügte er hinzu: »Oder wir schließen einen Suicide-Pakt und ich wickel uns im Audi mit zweihundert Sachen um einen Baum.«

Da von den Mädchen kein Protest kam, vertagte ich weitere Diskussionen auf später. Wir folgten einer Gruppe Urlauber und kamen kurz darauf in die Partysperrzone. Nach einer Riege kleiner Shops mit Chinaware und Touristenmüll reihten sich Pizzerien, Bars und Cafés aneinander, und Musik und laute Gespräche vermengten sich zu einem zähen akustischen Brei, der einen förmlich dazu trieb, Alkohol zu konsumieren. Allein schon, um in all dem Lärm und Getümmel den Drink als Fokuspunkt zu haben. Mir war es unangenehm, ein Teil der Meute zu sein, die im Sommer Nacht für Nacht hier das kleine Glück suchte und jede Würde wie einen Hund im Auto zurückließ. Mit dem Unterschied, dass bei Hunden keine zehn Minuten später irgendwer Rabatz von wegen Tierquälerei macht.

Aber weil Würde nicht bellen kann, machte ich mich mit allen anderen, die sich durch diese Gosse bewegten, mitschuldig, dass eine junge Frau in Unterwäsche vor einem leeren Café erotisch tanzen musste. Die Ekelkundschaft aus Junggesellenabschiedstrinkern und Grabschsenioren made in Germany soff wohl noch woanders ihre Hemmungen unter den Tisch.

Wir entschieden uns für eine Beachbar. Auf einer Bühne stand ein DJ und heizte einer Meute mit Beats und Bässen ein. Es gab ein paar Bars, Sitzgelegenheiten und direkt am See einen Steg, auf dem gechillt wurde. Katta steuerte eine Bar an, winkte einen der Angestellten zu sich und begrüßte ihn mit Küsschen links und rechts. Die beiden wechselten ein paar Worte, und Katta zeigte auf uns. Der Typ nickte und deutete neben den Chillsteg.

Wir hatten soeben eins der versteckteren Strandbetten zugewiesen bekommen, weil Katta eine Flasche Wodka und acht Red Bull bestellt hatte. Da zwischen uns und der Beschallung die Bar und das Klohäuschen lagen, konnte man sich dort sogar relativ normal unterhalten, also ohne brüllen zu müssen. Noch bevor die Getränke gebracht wurden, beschloss ich, mich zurückzuhalten. Zwei Ausflüge ins alkoholische Nirwana in weniger als zwölf Stunden wollte ich meinem Körper nicht zumuten. Ein Entschluss, der keinen Bestand hatte, als Katta mir ein volles Glas reichte.

Die Wirkung des ersten Wodka Bulls meines Lebens setzte sehr zügig ein, weil mich Durst und Müdigkeit zu schnell trinken ließen. Positiv war einzig der Energieschub aus Zucker und Koffein, der die Katerlethargie aus meinem System spülte. Leider ein Stück weiter als mir lieb war. Das Zeug drehte mich auf wie ein Duracell-Häschen, wie meine Mama immer sagte. Alles in mir kribbelte, und ich musste mich zusammenreißen, um nicht wieder einen Laberflash zu bekommen.

»Tanzen?«, warf ich in die Runde, in der Hoffnung, dass niemand Bock hätte und ich mich einfach für eine halbe Stunde verkrümeln könnte.

»O wie geil! Ein Kerl, der tanzt.«

»Hast ja schon gesehen, wie«, sagte Verena. »Ich passe.«

»Vielleicht wird das der Dance der Saison«, lachte Katta und sprang auf. Reinhold warf mir einen grimmigen Blick zu und exte sein Glas. Dann erhob auch er sich und raunte mir zu, dass der schlechtere Tänzer in zehn Minuten zurück zu Verena muss.

»Von mir aus«, antwortete ich. »Soll sie dir schon mal die Luft aus dem Glas lassen?«

Sollte cool klingen, hatte aber den ranzigen Beigeschmack eines Dad-Spruchs. Statt zu antworten, tätschelte Reinhold mir nur die Schulter und grinst mich mit einem Selbstbewusstsein an, das ich so an ihm noch nicht gesehen hatte. Auf der Tanzfläche wurde mir sehr schnell klar, wo es herkam. Alleine als Freak in Thüringen – da haste viel Zeit. Die hatte er genutzt, um wirklich sicke Moves zu lernen. Und mit sick meine ich nicht so affiges, vom Ausdruckstanz abgeguckte Gehüpfe, mit dem in jedem Schuljahrgang immer genau ein männlicher Mitschüler glaubt, vom Rest als mega Dancer gefeiert zu werden, während sich ausnahmslos alle über ihn kaputtlachen. Nee, ich spreche von subtilen kurzen Bewegungen, unaufdringlich eleganten Drehungen, Händen, die mehr draufhaben als einen gereckten Finger zu kreisen. Dinge, die ich mir ständig überlegen muss, während meine Beine irgendwie versuchen, den Takt zu halten. Von wegen, ich könnte ja mal was mit den Armen machen oder eine Linksdrehung riskieren. Solche Gedanken gab es bei Reinhold nicht. Er bediente sich völlig mühelos aus einem nicht enden wollenden Repertoire mit Elementen aus Hip-Hop, Breakdance und Freestyle. Hier drei Moonwalkschritte, da ein Hüftschwung, dort eine minimale, lässig eingeworfene Welle durch den ganzen Körper. Klingt kacke, wenn man nicht dabei war. Aber mir blieb komplett die Spucke weg.

Dummerweise bewegte sich Katta mehr oder weniger auf Augenhöhe mit ihm. Die beiden mussten dieselben TikToker und YouTuber abonniert haben, denn immer wieder gab es Momente von fast perfekter Synchronität zwischen ihnen. Sie fixierten einander und vergaßen alles um sich herum. Zweimal rempelte Katta sogar in mich rein, weil selbst ich ihre Wahrnehmung verlassen hatte. Wobei das auch wieder nicht so überraschend war. Als ich einen dritten Zusammenstoß in letzter Sekunde verhindern konnte, trollte ich mich zurück zu unserem Bettchen, auf dem Verena lag und in den Himmel starrte.

»Echt?«, fragte sie nur und grinste.

»Du würdest nicht glauben, wie er da gerade abliefert.«

»Schön für ihn.«

Das war's. Trotzdem sah ich Verena an, dass sie von Katta enttäuscht war. Oder von sich. Oder mal wieder vom Leben.

»Du bist der coolste, beste und lustigste Mensch, der mir je begegnet ist. Ich hab mich, also, ich bin komplett in dich verliebt. Ist blöd, weiß ich, weil sinnlos, aber halt mein Problem. Und es soll auch nur meins bleiben. Weil, dass du anders fühlst, dafür kann ja keiner was. Am wenigsten du. Ich hab das aber, glaube ich, auch heute Mittag gut aus meinem Hirn formatiert, also das mit dem Verliebtsein, oder besser gesagt, die Idee, dass wir ein Paar sein könnten. Weil, wie ich ja grade gesagt habe, bin ich eigentlich schon noch verliebt, wenn ich ehrlich bin. Trotzdem ist mir jetzt und für alle Ewigkeit nur wichtig, dass wir Freunde sind.«

Ohne zu antworten, legte Verena ihren linken Arm ausgestreckt neben sich. Und statt lange zu überlegen, ob das eine Einladung sein sollte, mich da reinzulegen, machte ich es einfach. Ihr Haar roch nach Honolulu.

Wir lagen sicher zehn Minuten nur so da. Dann meinte Verena, dass ihr Arm einschlafe, und ich mal meinen opfern solle, worauf sie sich an mich schmiegte und von ihren Eltern zu erzählen begann.

»Meine Mom und mein Vater haben sich hier irgendwo kennengelernt. Er war zu Besuch bei Lajos, sie mit zwei Freundinnen beim Campen. Irgendwann waren die beiden in einem Club, und sie ist in einer Ecke eingeschlafen und aufgewacht, als ihr jemand eine Decke über die Beine gelegt hat. Das war er. Da sah er noch gut aus und war charmant und lustig. Er konnte ein bisschen Deutsch und Englisch, und Mama fand das alles total aufregend. Eigentlich wollte er hier unten bleiben und einen Verleih oder so für SUP-Boards aufmachen. Diese Ruderbretter, auf denen man sich auf dem Wasser zum Deppen macht. Ein Jahr vor meiner Geburt, also 2006, lange, bevor die Teile überhaupt in Europa bekannt wurden. Er war davor in Amerika und hat das da gesehen und ausprobiert und wusste einfach, dass die Dinger die Welt erobern würden. Aber Mama war noch in der Ausbildung und musste zurück nach Mannheim. Dass sie schwanger war, hat sie ihm drei Monate später in einem Brief geschrieben. Da hat er seinen Traum vom eigenen Geschäft in die Tonne getreten und ist auch nach Mannheim. Und sie dachte so: Ehrenmann. Nur dass es für den Ehrenmann halt null Jobs gab, bloß so Drecksarbeit in Fabriken oder Lieferfirmen. Als ich ungefähr fünf war, sind sie dann, wie jeden Sommer, zu Lajos gefahren – und da hat Papa also fünf oder sechs Jahre später einen Schulfreund wiedergetroffen, der sich an den SUPs dumm und dämlich verdient hat. Die haben sich natürlich extrem in die Haare gekriegt, weil der Freund ihm angeblich die Idee gestohlen hat. Er wollte irgendeine Beteiligung und hat sogar einen Anwalt eingeschaltet, aber, ey, das Boot war abgefahren. Da hat er mit dem Saufen angefangen und kurz darauf meiner Mutter das erste Mal eine gewischt. Weil sie nicht verhütet hatte und deswegen an allem schuld war. Von da an war das normal: prügeln, zusammen weinen, Entschuldigungen von beiden, obwohl Mama nie irgendwas falsch gemacht hat. Und dann die leeren Versprechungen, dass er sich ändern wird.«

»Hat er dich auch ...?«

»Nee. Nie. Aber ich hab die Schmerzen meiner Mutter gespürt.«

»Mein Vater ist auch ein Arschloch, wenn dich das tröstet.«

»Ich hab nie gesagt, dass meiner ein Arschloch ist. Er ist ... keine Ahnung. Opfer ist das falsche Wort. Aber wenn ihm geholfen worden wäre, mit Therapie oder so, hätte das alles nicht so enden müssen. Glaub ich wenigstens. Weil wenn die Bullen mal kamen, weil irgendwer aus dem Haus sie gerufen hat, dann war es denen eigentlich auch immer egal, und meine Mama hätte ihn nie angezeigt oder sowas. Das war alles einfach krank.«

Mir war es unangenehm, dass ich meinen Vater vor ihr beschimpft hatte. Vielleicht musste ich mein Bild von ihm auch mal hinterfragen. Also, warum er so gepolt war, dass alles nach seinen Vorstellungen gemacht werden sollte. Weshalb er nicht akzeptieren konnte, dass andere nicht so dachten und handelten wie er. Dass es ihnen egal war, wie die Spülmaschine eingeräumt war und ob da womöglich zwei Teller keinen Platz gefunden hätten. Ihn als Arschloch abzustempeln war, typisch für mich, die einfachste Lösung. Im Vergleich zu einem Mörder wie Janko war er letztlich nur eine schwierige Persönlichkeit.

»Da ist was dran«, räumte ich schließlich ein. »Vielleicht sollten wir auch mal mit Reinhold über seine Mutter reden.«

»Über die? Auf keinen Fall. Die ist das Letzte, 'ne White Trash Bitch, durch und durch evil.«

Dann halt nicht.

16

Reinhold kam nach einer knappen Stunde zurück, von der wir die meisten Zeit schweigend in den Himmel gestarrt hatten. Er trug eine dunkle Ray Ban Brille, die er auf dem Dancefloor gefunden hatte und die ihm überraschend gut stand.

»Falls ihr euch fragt, wo Katta-«

»Tun wir nicht«, fiel ihm Verena ins Wort.

»Sie holt noch 'ne Runde Drinks.«

»Wir haben noch.«

»Was macht ihr denn die ganze Zeit? Knutschen?«

Mittelfinger. Reinhold lachte nur und mischte sich einen neuen Wodka Bull, während er uns erklärte, dass der Abend an unserem Deal nichts änderte. Einmal noch Gas geben, richtig feiern und leben.

»Kannst du dich mal entscheiden, was du willst?«, fragte ich, weil mich sein Hin und Her nervte. Er sah zu Verena.

»Wir waren bei deinem blöden Vulkan. Kolja war komplett geflasht, ich fand's ... na ja. Aber das heißt nicht, dass ich irgendwie ... Nee. Ich wollte halt immer mit dem Audi aussteigen. Aber, hey, weil ihr es seid ... springen wir halt. Auf uns!«

Er hob seinen Drink, Verena griff zu ihrem, und wir stießen tatsächlich darauf an, den Plan umzusetzen. Und eine Stimme in mir, die seit heute Mittag immer lauter wurde, sagte, dass es gut und richtig war. Ich traute ihr nicht. Die Sache nochmal zu diskutieren war unmöglich, da Katta mit einer neuen Flasche Wodka und drei Schnapsgläsern in der Hand angeschwebt kam.

»So, ich dachte, wir bleiben bei Wodka und spicen jetzt die Nacht mal bisschen an.«

»Okay, Spice Girl. Was geht?« Verena richtete sich auf und hielt Katta ihr Glas hin.

»Keine Ahnung. Kennt ihr Eiskuss? Der Würfel muss wandern, und wenn er bei einem schmilzt, muss derjenige trinken.«

Sie warf sich einen Eiswürfel aus dem Wodkakühler ein, wandte sich dann mir zu und sagte mit dem vollen Mund »Küffmi«. Ich suchte in Verenas und Reinholds Mimik nach Hilfe oder Zuspruch, aber er grinste nur und sie rollte die Augen. Also beugte ich mich vor und ließ mir von Katta den Eiswürfel mehr oder weniger in den Mund spucken. Mit Küssen hatte das nach meinem Dafürhalten jedenfalls kaum was zu tun.

Dass dies der erste Kuss meines Lebens war, auch wenn man das nicht wirklich so nennen konnte, wussten die anderen nicht. Ebenso wenig, dass ich noch nie in einem Club gewesen war oder bei einem Trinkspiel mitgemacht hatte. Mein einziger Versuch, mich ins Frankfurter Nachtleben zu stürzen, war ein knappes halbes Jahr her. Ein Türsteher des Velvet Clubs hatte ihn noch quasi vor dem Absprung beendet, indem er mich zunächst mit einem Kopfschütteln abwies, und die Lüge, dass meine Freunde drinnen auf mich warteten, mit einem kurzen höhnischen Lachen quittiert. »Lass mal gut sein, Junge.« Frisch gedemütigt wurde ich auf dem Heimweg von vier Typen angeschnorrt. Da ich wie ein Honk erklärte, dass ich Nichtraucher sei, boten sie mir an, ihnen einfach eine Schachtel zu kaufen. Und ich Trottel erwiderte, dass das schwierig sei, da ich nur vier Fünfziger in der Tasche hätte. Wenigstens haben sie mir auf die Schulter geklopft und gemeint, dass mir das gerade das Leben gerettet habe, weil sie das ohne Taschenrechner teilen könnten: für jeden einen. Wer so brav kopfrechnet, hat doch eine Belohnung verdient.

»Ey, Kolja, gib mal weiter, sonst schmilzt er!«

Katta sah mich auffordernd an. Ich schaute zu Verena, die mich zu sich winkte und leise sagte: »Für Reinhold.« Dann öffnete sie ihre Lippen ein wenig und nahm den Eiswürfel entgegen. Der Würfel wanderte weiter, schaffte eine ganze Runde, dann schmolz er in Kattas Mund. Sie lachte und trank ein Schnapsglas. Danach forderte sie uns auf, etwas mehr Leidenschaft ins Spiel zu bringen.

»Neue Regel: Wer nicht richtig küsst, trinkt.«

In Reinholds Gesicht zeichnete sich wahre Euphorie ab, wir anderen nahmen es schulterzuckend hin, worauf Katta bei der folgenden Übergabe kurz ihre Zunge in meinen Mund gleiten ließ. Da ich damit überhaupt nicht gerechnet hatte, verschluckte ich vor Schreck den neuen Eiswürfel. Ich muss geschaut haben wie ein Kleinkind, das zum ersten Mal an einer Zitrone leckt, jedenfalls prusteten die anderen laut los. Zur Strafe fürs schlechte Küssen und den im Magen schmelzenden Würfel bekam ich einen doppelten Wodka. Bevor es weiterging, wies mich Verena darauf hin, dass die Zunge in meinem Mund bleiben soll, wenn sie weiter eine feste Beziehung mit dem Rest meines Körpers wünscht. Tat sie. Reinhold bekam denselben Hinweis und kurz darauf küsste er Katta. Erst mit Zunge, dann mit Hand unterm T-Shirt und schließlich lag er mehr oder weniger unter ihr, denn sie sprang voll darauf an.

Nach einer gefühlten Ewigkeit richtete sie sich wieder auf und meinte verblüfft: »Der kann nicht nur tanzen, der küsst auch wie ein Gott. Sorry.«

Sie stand auf, nahm Reinhold an der Hand und zog ihn fort. Er drehte sich noch einmal zu uns beiden um, zwinkerte mir zu und verschwand dann hinter Katta im Getümmel. Ich blickte zu Verena, die erstaunt, aber zum Glück nicht so sprachlos war wie ich: »Sieh's positiv, wir müssen nicht mehr saufen. Lass mal einen entspannteren Ort suchen.«

Wir gingen die Seepromenade entlang und ließen das monotone, dumpfe Stampfen der Sommernachtsparty hinter uns. Ich hatte die letzten zwei Red Bull mitgenommen, die wir nun tranken. Einige hundert Meter weiter kamen wir zu einem Riesenrad, das am Ufer stand. Wir starrten zur obersten Gondel, aus der irgendwer sein Handy hielt, um den Ausblick zu fotografieren. Mit Blitz natürlich. Ich wünschte mir, dabei sein zu können, wenn er feststellt, dass die winzige LED neben dem kleinen Objektiv nicht in der Lage war, den gesamten Balaton auszuleuchten.

»Wie hoch ist das Teil, glaubst du?«, fragte Verena.

»Ungefähr so wie der Hygüdingsda.«

»Hegyestű.«

»Sag ich doch. Wollen wir?«

»Nee. Nicht ohne Reinhold. Außerdem kriegen wir garantiert die Türen nicht auf.«

»Ich mein' mitfahren.«

»Ach so. Ja. Klar.«

Die Reihe an der Kasse bestand aus einem Pärchen in unserem Alter und einer Familie. Die Kinder hofften, vom Riesenrad aus den McDonald's sehen zu können, die Turteltauben wurden darauf hingewiesen, dass die Gondeln kameraüberwacht werden, worauf die beiden grinsten, als wäre ihnen das durchaus bewusst und ein zusätzlicher Anreiz, in luftiger Höhe herumzuferkeln. Wir mussten unsere Dosen austrinken, weil »no drinks on wheel«.

Eine Regel, die von den drei Jungs missachtet worden war, die aus der für uns bestimmten Gondel stiegen. Sie hoben blökend ihre Bierflaschen zum Abschied, und der Sicherheitsmann am Ausgang brüllte wütend: »Hauseverbot, du, du und du!«

Wenigstens waren die runden Kabinen nicht komplett geschlossen, sondern hatten zwischen Dach und Fenstern eine Lücke, sodass wir uns nicht wie Gemüse in Weckgläsern vorkamen. Das Riesenrad fuhr langsam an und blieb immer wieder stehen, um die abgedrehten Fahrgäste aus ihren Zellen klettern zu lassen. Trotz der Dunkelheit konnte man das andere Ufer des Sees ausmachen und die Lichter der einzelnen Orte sehen, deren Namen ich nicht aussprechen konnte. Die von dort ausgehende Ruhe stand in krassem Kontrast zur Partymeile zu unseren Füßen.

»Die andere Seite ist schöner«, sagte ich.

»Das hat meine Mama auch gesagt. Aber in einem anderen Kontext«, antwortete Verena. Da ich die Stirn in Falten legte, fuhr sie fort: »Das war kurz, bevor sie … also, bevor es passiert ist.«

»Und warum seid ihr nicht weg?«

»Wollte sie. Aber die Welt war geschlossen wegen fucking Corona. Deswegen überhaupt die Impfung.«

»Du vermisst sie sehr.«

»Was soll das heißen? Natürlich.«

»Schuldige.«

»Nein, ist ja in Ordnung. Aber, und das klingt jetzt bestimmt bescheuert – ich vermiss auch meinen Vater. Also, so wie er mal war, früher. Wie ich ihn in Erinnerung habe.«

Sie starrte in die Ferne.

»Ich vermiss meine Eltern null. Ich hab mal mitgehört, wie meine Mama ausgetickt ist, am Telefon mit meinem Vater. Da hat sie original gesagt, dass sie doch eh schon die Arschkarte gezogen hat, so allein mit mir.«

»Ja, hat sie doch auch«, antwortete Verena. »Also jetzt nicht mit dir persönlich, weil so hat sie das bestimmt nicht gemeint. Aber insgesamt als Frau, ich schätze mal so um die fünfzig, wenn du da nicht mal mehr daten kannst oder alleine rauskommst, wann du willst, das ist doch scheiße.«

»So hab ich das nie gesehen.«

»Die liebt dich. Und dein Vater auch. Nur eben anders, weil er so mit sich selbst beschäftigt ist.«

»Der ist ein narzisstischer Klappstuhl.«

»Dann lass ihn doch. Er ist überzeugt, dass er der perfekteste Mensch der Welt ist, und will, dass du so wirst wie er. Er checkt halt bloß nicht, dass du das gar nicht willst. Aber am Ende ist das doch von ihm so ganz im Kern voll die Liebe.«

Wahrscheinlich war da was dran. Also im Kern, um bei ihren Worten zu bleiben. Trotzdem war ich in Frankfurt, in der Schule und bei meinen Eltern immer unglücklich. Das ging los, wenn ich morgens aufstand, und wurde nicht besser, wenn ich im Unterricht saß, alleine in der Pause auf dem Handy daddelte, mir das Mittagessen aufwärmte, am Rechner saß, fernsah oder einkaufen ging. Mein Vater meinte mal, der Grund dafür sei, dass es mir einfach an

Leidenschaft für irgendwas fehle. Da hatte ich kurz überlegt, ihm vom Forum zu erzählen, und wie sehr ich mich dafür einsetzte, dass sich da niemand ernsthaft was antat. Aber verstanden hätte er das sowieso nicht.

»Geht mich auch nichts an«, sagte Verena leise.

»Doch. Natürlich. Sonst hätte ich dir nicht so viel über ihn erzählt.«

»Und warum bist du dann hier?«

»Weil ... irgendwie, weil ihr, also Reinhold und du. Ihr seid meine Freunde. Meine einzigen. Und ich wollte nicht, dass das vorbeigeht. Oder wenn, dann halt gemeinsam.«

»Hab ich mir schon die ganze Zeit gedacht.«

»Aber ich hab auch kapiert, dass ich, ja, dass ich wirklich mitspringen will. Als ich auf dem Hügdügüberg stand. Das war wie ein Sog. Das hat mich total geflashed.«

»Ist derb, oder?«

»Brutal.«

Sie nahm meine Hand und legte ihren Kopf auf meine Schulter. Und ganz leise konnte ich hören, wie sie sagte, nämlich dass auch ich ihr bester und einziger Freund war.

Wir gingen händchenhaltend vom Riesenrad weiter, zurück in die belebte Partystraße. Die Musik der einen Bar pushte uns in den Sound der nächsten, vorbei an saufenden Touristen aller Altersklassen. Inzwischen stand eine Gruppe gierig-geil gaffende Rentner vor dem Stripclub, daneben kichernde Jungs und Typen, die das Busen-Spektakel hemmungslos mit ihren Handys filmten. Fressen, Saufen, Ficken, mehr schien bei diesen Männern nicht Thema zu sein. Verena blieb stehen und wollte wissen, ob ich auch kurz zusehen wolle.

»Nee, lass mal.«

»Schade, die ist hübsch.«

»Ja, aber als sie fünf war, hat sie bestimmt nicht gesagt, dass sie mal Straßenstripperin werden will, wenn sie groß ist.«

»Aber du wusstest schon immer, dass du Moralapostel werden willst?«

»Nee, aber ich ... ich ...«

»Ich mag's, wenn du verlegen bist.«

Wir zogen weiter, wichen Torkelnden aus und beruhigten einen komplett am Rad drehenden jungen Mann, der einen Tobi suchte, indem wir ihm mehrfach und eindringlich versicherten, dass es Tobi bestens ginge. Irgendwann spuckte uns der Trubel auf einen Platz, in dessen Mitte ein Brunnen die Nebensaison herbeisehnte, während ein Mädchen vor ihm kniete und ihr Abendessen in sein Becken reiherte.

»Ich hab genug gesehen.«

»Dann lass uns am Auto auf Reinhold warten.«

Um uns nicht wieder durch die Meute quetschen zu müssen, bogen wir in eine Seitenstraße und gingen parallel zur Partymeile zurück. Hier befanden sich die Apartmenthäuser, von denen die Nachtfalter ausschwärmten, um im Rausch zu vergessen, dass ihnen das Leben nicht viel mehr als flüchtige Momente zu bieten hat. Auch hier zierte Halbverdautes in großen Fladen den Asphalt, saßen die Schatten der Feiernden mit dem Kopf zwischen den Knien am Boden, den letzten Drink verfluchend, während in ihrem Unterbewusstsein schon der Exzess des morgigen Abends zum Projekt wurde.

Auf dem Parkplatz wurde neben den Autos gefeiert. Nach kurzem Suchen entdeckten wir das lila Biest, in dem Reinhold und Katta wild am Knutschen und Fummeln waren. Ich klopfte an die Scheibe. Reinhold fuhr hoch, grinste mich breit an und sagte irgendwas. Dann donnerte Verenas Faust gegen das Glas, und er begriff, dass ich ihn durchs geschlossene Fenster nicht hören konnte. Er wandte sich Katta zu, die nickte, worauf er ausstieg.

»Digga, das ist meine Nacht«, sprudelte es aus ihm heraus. Er wirkte nicht mehr wie der Reinhold, mit dem ich vor ein paar Stunden von Lajos Datscha in einen ungewissen Abend gestartet war. »Katta hat von einer auf dem Klo Pillen besorgt, Ectasy oder so, wir sind beide total drauf und ... I love you, man.« Erst jetzt registrierte er Verena. »Hey! I love you too, babe!«

Die Reaktion war ihr typisches Augenrollen.

»Passt auf, wir wollen gleich irgendwo an einen Beach fahren und da pennen. Kommt ihr mit dem Zug oder so zurück? Taxi? Irgendwie?«

»Alter, du bist total dicht. Wenn du jetzt fährst ...«

»Nee, alles unter Kontrolle.«

Eine dreiste Lüge.

»Wenn du schlau bist, gibst du uns den Autoschlüssel. Ihr könntet genauso gut hier pennen oder whatever«, meinte Verena.

»Die Schlüssel bleiben bei mir.«

»War nur ein Angebot.«

»Leute, das ist unglaublich. Ich denk mal, weil sie spürt, dass ich keinen Fick mehr drauf gebe. Weder auf sie oder sonst was. Wir sehen uns morgen zur Sonnenfinsternis.«

Damit stieg er wieder ins Auto und schlug die Tür zu. Knopf runter. Ich sah zu Verena, die nachdenklich den Mund verzog. Dann sagte sie achselzuckend, dass vielleicht noch ein Boot über den See fährt. Wir mussten zum Hafen. Ich schlug noch einmal mit der flachen Hand aufs Autodach, was Reinhold mit einem Mittelfinger quittierte. Mit einem flauen Gefühl im Magen folgte ich Verena.

17

Seit meinem Optimisten-Kurs hatte ich kein Boot mehr betreten. Sogar den Klassenausflug auf der Mainfähre hatte ich ausfallen lassen. Man konnte viel über mich behaupten, aber wenn ich meinen Sturmodus aktivierte, war ich extrem konsequent. Nun stand ich mit Verena im Hafen von Siófok und sah erleichtert der letzten Fähre nach Tihany hinterher. Klar, wenn wir sie erwischt hätten, wären wir von dort mit einem Taxi für dreißig, vierzig Euro bis zu unserem Haus gekommen. Andererseits war es ein Schiff und insofern für mich tabu. Weil ich ein bisschen dumm war (und noch immer bin), erzählte ich Verena die ganze Geschichte.

»Kolja, wir sind jetzt nicht zum Hafen gelatscht, um kein Boot zu nehmen.«

»Hat sich sowieso erledigt.«

»Ja, aber du kannst doch nicht wegen irgend so einem Segelkursscheiß nie mehr Boot fahren. Komm doch mal über deinen Vater weg. Das langweilt irgendwann.«

»Könnte ich genauso zu dir sagen«, gab ich zurück ich und bereute es im selben Moment. Verena drehte ihren Kopf langsam zu mir und sah mich fassungslos an.

»Das war ultimativ low.«

»Ich weiß, sorry. Das tut mir leid. Echt. Ehrlich. Das ist, also, ich weiß, das kann man nicht vergleichen.«

»Einen Scheiß weißt du. Oder? Was weißt du schon? Was hat dir die Polger-Votze von nebenan erzählt?«

»Nichts. Also, was in der Zeitung stand halt.«

»Und das langweilt dich?«

»Nein! Das ...«

»Was dann? Dass ich von seinen Saufgelagen mit meinem Opa erzählt habe?«

»Gar nichts langweilt mich. Echt.«

»Aber ich soll mal drüber wegkommen, dass mein übler Schläger-Dad meinetwegen im Knast sitzt. Okay. Klar.«

»Wieso deinetwegen?«

»Weil ich die einzige Zeugin war. Weil ich entscheiden musste, ob ich ihn als Mörder oder meine Mutter als Selbstmörderin hinstellen will.«

»Ich kann nur sagen, dass es mir leidtut.«

»Ich nicht.«

Verenas Augen glänzten, und einen Moment später rollten dicke Tränen über ihre Wangen. Sie schluchzte nicht, machte keinen Mucks, sondern weinte bloß still in sich hinein. Ich öffnete meine Arme und war froh, dass sie die Aufforderung annahm und Trost oder was auch immer in meiner Nähe suchte. Dazu gab ich mir Mühe, einfach die Klappe zu halten. Ihr nicht zuzuflüstern, dass sie richtig gehandelt hätte, dass ihr Vater ein schlechter Mensch wäre, der jetzt seine gerechte Strafe absitzt. Im Grunde sparte ich mir all die Plattitüden, mit denen ich sonst um mich warf. Wir standen einfach schweigend da. Ich spürte ihren Körper beben und wusste, dass ich mit ihr springen würde, wenn sie das wirklich wollte.

Ein Fischer riss uns nach einigen Minuten aus der Umarmung, indem er uns irgendwas auf Ungarisch zurief und sicher nicht damit gerechnet hatte, von Verena in seiner Muttersprache eine launische Replik zu ernten. Eine, die ihn auflachen und auf sie einreden ließ.

Sie wischte sich die Tränen aus dem Gesicht, er fragte wohl, ob ich für diese verantwortlich wäre, denn er deutete auf mich, und Verena hob verneinend die Hände. Und fügte offenbar etwas Nettes über mich hinzu. Der Fischer lächelte und redete nun auf mich ein, bis er von Verena erfuhr, dass ich null Ungarisch draufhatte.

Dennoch sollte ich ihm helfen, ein paar Kisten mit Netzen zu seinem Kutter zu schleppen, der hinter dem Fährterminal angeleint war. Der Fischer plapperte unentwegt auf uns ein, Verena entgegnete hier und da etwas, lachte schmutzig und antwortete wohl noch schmutziger, was ihn seinen peripher bezahnten Mund aufreißen und laut grölen ließ. Kaum war alles verladen, sprang Verena an Deck und winkte mir zu.

»Komm, der fährt uns bis nach Ábrahámhegyi.«

»Und das ist wo?«

»Von da ist unser Haus so 'ne Stunde zu Fuß. Aber auf halber Strecke hab ich mit Reinhold auch das Auto von meinem Opa abgestellt. Das steht da garantiert noch.«

Ohne zu zögern ging ich an Bord. Verena lächelte zufrieden, und ich bildete mir ein, den ersten Schritt aus meinem Vatertrauma hinter mich gebracht zu haben. Der Fischer löste die Leinen und fuhr los.

Wir glitten in der Dunkelheit über einen spiegelglatten See. Der Motor tuckerte im Bauch des Schiffs, und wir setzten uns an den Bug, während der Fischer in seiner kleinen Kajüte ungarische Volkslieder sang. Verena erzählte, was sie zuvor von ihm erfahren hatte. Dass der Kutter seinem Onkel gehört habe und von dessen Vater gebaut worden war. Dass er das Gefühl habe, die Fische würden im Sommer immer ein wenig nach Sonnencreme schmecken. Und dass er in seinem Leben noch keinen Salzwasserfisch probiert habe.

»Magst du Fisch?«, fragte ich.

»Klar. Aber ich ess kaum Tiere. Ist schwierig, wenn man im Heim wohnt, weil vegetarisch da bedeutet, dass man sich für ein Leben ohne Proteine entschieden hat. Jedenfalls ohne welche aus der Heimküche. Und mein Taschengeld für Tofu ausgeben geht auch nicht immer.«

»Wie war es denn da überhaupt?«

»Ging schon. War halt ein Kaff. Konnte man weniger Scheiß bauen als in Mannheim.«

»Und wie bist du ins Forum gekommen?«

»Ich hab mir mit 'ner Freundin den Rechner geteilt. Die hat da mitgelesen, aber nie was geschrieben. Die ist dann irgendwann zu ihrer Tante gezogen. Da hab ich ihren Account übernommen.«

Schien mir unnötig kompliziert, aber egal war's auch. Wir schwiegen erstmal, und ich dachte, dass man sich oft am besten versteht, wenn niemand etwas sagt. Am Ufer in der Ferne leuchteten die Orte, an Bord verlor das Red Bull allmählich seine aufputschende Wirkung. Ich hatte null Schimmer, wie spät es war oder wie lange unsere Überfahrt dauern würde, also legte ich mich zurück. Wenn ich jetzt eine Sternschuppe sähe, würde alles gut werden. Kam natürlich keine.

»Kann ich dir was anvertrauen? Etwas, das kein anderer Mensch weiß und auch niemand jemals wissen darf?«, fragte Verena nach einer Weile.

»Klar.«

»Sie ist gesprungen.«

»Wer?«

»Meine Mama.«

Es dauerte kurz, bis mein Gehirn diese Information verarbeitet hatte. Keine Ahnung, ob das ein Geständnis oder eine Beichte sein sollte – Hauptsache, es linderte das Schuldgefühl, das Verena mit sich herumschleppte.

»Krass. Aber ich kann dich verstehen«, antwortete ich schließlich. »Und es ist egal, ob er sie ... also, ob er nun physisch oder psychisch daran schuld war.«

»Schon, oder?«

Noch nie hatte ich Verena derart unsicher erlebt. Sie schaute mich an, als könnte sie von mir die Absolution erteilt bekommen.

»Natürlich. Von ihm ging die Gewalt aus, die sie dazu getrieben hat. Keine Frage.«

Tatsächlich löste sich ihre Spannung ein wenig.

»Wie hat er denn reagiert, als er verurteilt wurde?«

»Gar nicht. Er saß nur so da und hat sich nicht gerührt.«

»Hast du Angst, dass er-«

»Dass er mich hasst. Ja. Und dass er eines Tages vor mir steht und mich dann irgendwo runterwirft. Das hab ich immer wieder als Albtraum.«

Ich legte meinen Arm um sie und schwor, immer auf sie aufzupassen. Was Unsinn war, wenn wir morgen einen Schlussstrich unter unser Leben ziehen würden. Allerdings war ich mir nicht sicher, ob sie das überhaupt noch wollte.

»In dem Traum sehe ich immer erst meine Mama. So wie ich sie gesehen habe, als alles passiert ist. Mein Zimmer hatte ein Fenster zum Balkon. Auf den kam man aber nur durchs Wohnzimmer. Ich bin auf mein Bett geflüchtet, als er anfing, sie zu schlagen. Hab mir die Ohren zugehalten. Und dann ist sie auf den Balkon gerannt und hat zu mir geschaut.«

Sie löste sich von mir und stand auf.

»Mama und ich hatten so ein Zeichen. Also eigentlich das Peace-Zeichen. Aber für uns hieß es, dass wir eines Tages zusammen in Frieden leben würden. Auf der anderen Seite. Das hat sie zum Abschied gemacht. Und dann war sie weg.«

Es gab keinen Grund mehr, danach weiterzusprechen. Ich weiß nicht, ob sie sich nach ihrer Mutter sehnte, ob die Angst vor dem Vater oder das ja eigentlich ungerechtfertigte Schuldgefühl sie mit dem Tod flirten ließ. Ich wusste nur, dass wir uns gefunden hatten und beide froh darum waren.

18

Ich wurde kurz vor zwölf geweckt, weil irgendwer wie blöd an unsere Haustür klopfte. Lajos' Auto war entgegen Verenas Vermutung nicht mehr dort gestanden, wo sie es mit Reinhold abgestellt hatte. Dennoch hatte sie daran festgehalten, dass es jemand lediglich geborgt haben musste, der es offenbar wirklich dringend gebraucht hatte. Und dass es jetzt irgendwo anders stand, um dort auf den Nächsten zu warten, der für eine bestimmte Strecke ein Fahrzeug brauchte. Die Vorstellung von einem kleinen alten Skoda, der immer zufällig dort steht, wo gerade ein fahrbarer Untersatz fehlt, hatte mir gefallen.

Die Matratze neben mir war leer. Gut möglich, dass wir Reinhold ausgesperrt hatten. Ich wälzte mich aus dem Bett, schlüpfte in meine Hose und ein T-Shirt und schlurfte nach unten. Vor der Tür standen Nessie und Leo. Die beiden sahen aus wie frisch aus einer Ferrero-Raffaello-Werbung: weißes Kleid, weißes Shirt, weiße Hose.

»Was'n los? Wollt ihr zu 'nem Ärzte-Casting? Weil, dafür muss man studieren.«

Statt zu lachen, musterten sie mich mitleidig. Ich sah wohl beschissener aus, als ich mich fühlte, und wunderte mich, was die beiden wollten. Falls sie auf der Suche nach einem neuen Kamerakind waren, würde ich sie enttäuschen müssen.

»Wir wollten nur fragen, ob ihr mit nach Budapest fahren wollt«, sagte Nessie schließlich.

»Warum das denn?«

»Katta hat mir um eins eine Nachricht geschickt, dass sie uns mit Reinhold um drei an der Fischerbastei treffen will.«

»Wo?«

»Das ist ein, keine Ahnung, so 'ne Art Schloss«, erklärte Leo.

»Eher eine Burganlange, die neogotische und neoromanische Elemente verbindet«, ergänzte Nessie. »Der perfekte Ort für die Sonnenfinsternis.«

»Die wollten wir eigentlich woanders angucken.«

»Wo?«

»Auf so 'nem Berg.«

»Auf was für einem Berg?«, fragte Leo. Ich war kurz davor, mich zu verplappern. Aber ich war auch gerade erst aufgestanden und hatte keinen Schimmer, wie lang ich überhaupt geschlafen hatte oder wie spät es war.

»So ein Berg in der Nähe halt. Egal. Ich frag mal Verena.«

»Wir fahren in einer halben Stunde los. Be there or be square.«

Ich schloss einfach die Tür und ging hoch. Verena war aufgestanden und rief mir durch die Badezimmertür zu, dass ich nicht reinkommen soll. Und dass sie es eine gute Idee fände, mit nach Budapest zu fahren. Ohne Reinhold würden wir doch sowieso nicht zum Hegyestű kommen. Ich versuchte, mir den Namen von diesem Kackvulkan endlich zu merken, und wies sie darauf hin, dass wir dann aber die ganze Fahrt mit dem Influencer-Pärchen verbringen müssten. Sie schlug vor, einfach so zu tun, als wollten wir auch in ihr Business einsteigen. Fand ich gut. Sie hatte immer die besten Ideen.

Während ich kurz darauf im Bad war, kochte Verena sogar noch Kaffee, und so stiegen wir sauber und frisch koffeiniert in Leos Buzz. Nessie machte sich wahnsinnig Sorgen, weil sie Katta nicht erreichen konnte. Ich an ihrer Stelle würde den ganzen Tag Panik schieben, dass das weiße Kleid irgendwie schmutzig werden könnte. Indirekt warf sie uns nun aber vor, ihre Freundin allein zurückgelassen zu haben.

»Mann, die hat mit Reinhold rumgemacht. Und wir sind keine fucking Babysitter«, meinte Verena.

»Ja. Aber ihr kennt Katta nicht. Die ist total selbstdestruktiv. Die sucht sich immer die verrücktesten Typen, Freaks oder Junkies ... keine Ahnung. Die könnte jeden haben.«

»Reinhold ist kein Freak oder Junkie«, warf ich ein.

»Das liegt im Auge des Betrachters«, antwortete Leo. Vermutlich nur, um seine Freundin zu unterstützen.

»Ja«, konterte Verena. »Wenn der Betrachter Leute mit einem Gendefekt als Freaks sieht, ist das wohl so. Nazi.«

»Ich mein doch nicht sein Aussehen. Meine Güte! Für wie shallow hältst du mich?«

»Frag nicht.«

Um den eskalierenden Disput zu beenden, warf ich ein, dass Reinhold sich selbst als Freak bezeichnete, und uns Streit jetzt nicht weiterhelfen würde. Leo drehte sich zu mir um und gab mir den Daumen-hoch. Wäre ich größer und stärker als er gewesen, hätte ich den Daumen gepackt und ausgekugelt oder gebrochen. Einfach nur, damit er diese Geste nie wieder macht.

»Und was genau ist selbstzerstörerisch daran, sich Kerle zu suchen, die nicht aus dem Tschibo-Katalog stammen?« Verena war offenbar in Zanklaune.

»Das ist nur eine Facette ihrer Verhaltensmuster. Sie hat selbst mal gesagt, dass sie sich danach immer vorkommt, als hätte sie sich selbst für irgendwas bestraft.«

»Versteh ich nicht«, sagte ich.

»Musst du auch nicht.«

»Will ich aber. Ihr wart bei *mit Reinhold rummachen ist Selbstbestrafung*.«

»Sie ist 'ne Borderlinerin, okay?«

»Deine Diagnose oder ...«

»Sie ist normalerweise in Therapie und hat auch schon mal Tabletten geschluckt. Die Eltern haben sie noch rechtzeitig entdeckt und in die Notaufnahme gebracht.«

»Shit.« Mehr fiel mir in dem Moment nicht ein. Verena wollte wissen, was Borderlinerin genau bedeutet. Nessie erklärte, dass es sich dabei um eine Persönlichkeitsstörung mit einem sehr geringen Selbstbild und Selbstwertgefühl, Verlustängsten und impulsiven Ausbrüchen handle. Bei Katta hat das wohl nach der Pubertät angefangen. Sie wurde in der Klasse gemobbt, weil sie größer als alle anderen Mädchen war. Und sie hat dann den Fehler gemacht, in der Pause mal zu erzählen, dass sie sich bei *The Voice Kids* angemeldet hat, als eine Mitschülerin ein Auto mit dem Logo der Show vor der Schule entdeckt hatte. Dummerweise wurde aber nicht Katta, sondern ein Junge aus der sechsten Klasse überrascht. Und wenn jemand hämisch sein kann, dann Mitschüler.

Irgendwer hat Katta anschließend den WhatsApp-Verlauf einer Mädchengruppe aus der Klasse zukommen lassen. Das muss ihr Ego komplett ausgehöhlt haben, denn auch diejenigen, die sie als Freundinnen ansah, hatten sich darin über sie lustig gemacht. Sie hat zwar die Schule gewechselt, jedoch nie wieder irgendwem vertraut.

»Aber euch?«, fragte ich mit einer ordentlichen Portion Skepsis im Unterton.

»Ja«, antwortete Leo. »Bei einem ihrer ersten Versuche, auf TikTok zu starten, hat sie extrem Hate gesammelt. Keine Ahnung, warum. Waren wohl auch Leute aus ihrer alten Schule beteiligt. Und wenn einer hatet, flamen alle anderen mit. Die freuen sich richtig, wenn irgendwer als Opfer gemarkt wird.«

»Wir haben dann ein Video gemacht, um sie zu saven, und das hat auch ganz gut funktioniert«, beendete Nessie die Story. »Sie hat dann ihren Account deletet und war eigentlich stabil, bis sie dann bei GNTM 'ne Absage bekommen hat, weil sie das mit dem Borderline angegeben hatte. Sie war wohl davon ausgegangen, dass die das cool fänden. Aber da war sie halt ein paar Staffeln zu spät.«

Ich rang mit mir und der Entscheidung, von Reinholds labiler Seite zu berichten. Verena spürte das entweder oder hatte dieselben Gedanken. Sie sah mich an und schüttelte leicht den Kopf. Was hätte es auch gebracht? Höchstens noch mehr Panik im Bus. Stattdessen versuchte Verena sogar, die beiden zu beruhigen: »Bei Reinhold ist sie in sicheren Händen. Der hat genug Ego für zwei. Und dazu eine echt gute Seele.«

Nessie drehte sich zu ihr um und lächelte dankbar oder verächtlich – das konnte ich nicht so genau deuten.

Mein Erdkundelehrer Herr Fricke hat mal gesagt: »Wenn Wien und Prag ein Kind bekämen, würde es aussehen wie Budapest.« Das hat sich damals bei mir eingebrannt. In welchem Zusammenhang das war, allerdings nicht. Wahrscheinlich ging es um irgendwas vor oder nach einem der Weltkriege. Auf jeden Fall gab es hier prächtige Straßen mit alten Häusern, vielen kleinen Geschäften und buntem Treiben. Die Taxis waren gelb, die Parks grün und die Donau trüb. Verena war schon mehrfach hier gewesen und konnte einige Gebäude benennen. Genauer gesagt, zwei. Das Parlament und den Palast. Ich feierte sie trotzdem als Reiseleiterin, um die Stimmung im Auto wieder zu heben. Denn Nessies Nerven waren am Abschmieren. Sie hatte mehrfach vergeblich versucht, Katta zu erreichen. Wir einigten uns zwar darauf, dass ihr Akku leer sein musste. Dennoch ging alle zwei Minuten eine WhatsApp an sie raus.

Wir stellten den Bus in einer Tiefgarage ab, von der aus es zu Fuß nur eine Viertelstunde bis zur Fischerbastei dauern sollte. Verena und ich wurden gebeten, einfach schon mal loszugehen, weil Nessie diesen Stadttrip für ihre Community dokumentieren wollte. Leo fummelte eine 360-Grad-Kamera aus der Tasche, steckte sich eine GoPro an die Brust, und wir sahen zu, möglichst schnell Land zu gewinnen, um auf keinen Fall mit ihm assoziiert zu werden.

Wir hatten fast drei Stunden für die Fahrt gebraucht. Verena und ich besorgten uns in einem Bistro unterhalb des Palasts zwei Sandwichs und gingen kauend in Richtung Bastion. Ich hatte kurz überlegt, in der Garage nach der lila Bestie zu suchen, den Gedanken jedoch wieder verworfen. Das hätte nur Zeit gekostet, und am Ende wären wir vor einem leeren Auto gestanden.

Wir erreichten den Treffpunkt vor der Matthiaskirche nach gut zwanzig Minuten. Ich machte mir nicht viel aus Architektur, aber das Gebäude und die burgartige Anlage darum waren schon ganz cool. Von Reinhold und Katta war weit und breit nichts zu sehen. Verena begann, andere Touristen zu synchronisieren, was echt lustig war. Ich stieg ein, und so verflog die Zeit. Sie hatte gerade einer Frau die Worte »Ich bin so scharf wie eine ungarische Peperoni« in den Mund gelegt, und ich pullerte mich vor Lachen fast ein, als ich Nessie auf uns zurennen sah. In ihrem Gesicht standen Panik und Hysterie.

»Schnell! Wir müssen ins Krankenhaus! Die hatten einen Unfall!«

»Was? Wer?«, fragte ich blöd, weil mein Gehirn gerade keine schlechten Nachrichten verarbeiten wollte.

»Hier, ich hab 'ne Message von Kattas Handy bekommen«, sagte Nessie und hielt ihr Telefon vor sich. »This is Doctor Varga. Please come to Semmelweis Egyetem Emergency Room.«

»Semmelwas?«

»So heißt die Universität für Medizin«, sagte Verena. »Also, für Ärzte.«

»Los! Leo holt schon das Auto, wir treffen ihn unten an der Treppe.«

Die Fahrt ins Krankenhaus war ein Fiasko. Nessie löste sich auf dem Beifahrersitz in Tränen auf, Verena stierte schweigend aus ihrem Fenster und Leo fluchte in einem fort, weil der Verkehr das pure Chaos und die Verkehrsführung noch chaotischer war. Für die knapp sechs Kilometer brauchten wir fast eine Dreiviertelstunde. Ich hatte anfangs ehrlich versucht, Nessie gut zuzureden. Dass der Audi top in Schuss war und lauter Airbags und so hatte. Dass Reinhold ein guter Fahrer war und sicher keinen krassen Crash gehabt haben könnte. Wie die beiden gestern Abend über die Landstraße nach Siófok geheizt waren, behielt ich besser für mich, denn es bereitete mir Magenschmerzen.

Wenn Katta ein potenzieller Leming war, konnte ich nur hoffen, dass sie es Reinhold nicht erzählt hatte. Denn das könnte bedeuten, dass die beiden seinen bevorzugten Abgang durchgezogen hatten. Ich sah die zwei vor mir im Audi: er am Steuer, Kattas Hand am Schaltknauf, lachend eine Allee entlangrasend. Ein letzter Blick, dann zieht er das Lenkrad nach rechts. Eine Szene, die mir meine Fantasie als eigenes Machwerk verkaufen wollte, dabei war sie nur ein Abklatsch irgendwelcher Hollywood-Impressionen. Es fehlte der letzte Moment, in dem vielleicht doch noch ein Teil in Reinhold oder Katta den Film stoppen will. In dem sich die Augen weiten, die Panik greift, die Angst, dass es eine Scheißidee war.

Nein, er hätte niemals Katta im Rausch mit auf die andere Seite gerissen. Ebenso wenig hätte er sich von ihr dazu verführen lassen. Zwischen uns war immer klar, dass jeder für sich springt. Kein Händchenhalten, kein Mitreißen, keine Schuld an der Entscheidung der anderen. Mit einem Schlag wusste ich, dass es ein normaler Unfall gewesen war. Und entspannte mich ein wenig.

Ganz im Gegensatz zu Leo, der nicht nur mit dem Straßennetz, sondern auch mit dem verbleibenden Strom in seinem Elektrobus haderte. Eigentlich war geplant gewesen, in der Tiefgarage frische Kilowatt zu ziehen. Entsprechend leer war die Kiste dort angekommen. Inzwischen stand die Anzeige auf sieben Prozent und ihm der Schweiß auf der Stirn.

»Ey, nie wieder Elektroauto, ich schwöre. Das macht einen total fertig!«

»Chill, Leo. Du kommst noch siebzig Kilometer weit«, versuchte Nessie ihn zu beruhigen.

»Kann ich meine Powerbank laden?«, fragte Verena. Keine Ahnung, wie sie fähig war, in dieser Situation noch Leo zu nerven. Aber Respekt.

Zwei Prozent später hielten wir endlich gegenüber der Semmeluniversität. Natürlich auf einem Kiesparkplatz. Laden konnte Leo hier zwar nicht, aber er stand derart unter Strom, dass er den Wagen eigentlich nur berühren musste, um den Akku wieder vollzutanken. Ich kicherte still in mich hinein, weil Verenas lockerer Umgang mit der Situation meine Anspannung etwas gelöst hatte.

Ich hatte erwartet, in der Semmelweis-Klinik Deutsch sprechen zu können, und war mir nicht sicher, was das über mich aussagte. Doch das Gesicht der Frau an der Information sprach Bände. Verena übernahm, entschuldigte sich für mich und sagte danach irgendwas mit *idióta*, was sich bestimmt auch auf mich bezog. Anschließend berichtete sie wohl von der Nachricht von Doktor Varga und erfuhr, wo wir hinmussten: tiefer hinein in den Desinfektionsgestank, der den Geruch von Krankheit und Leid übertünchte.

Es ging die Treppen hoch in die zweite Etage, dort durch Gänge, die einen vergessen ließen, dass man in Ungarn war. Das Krankenhaus glich jedem anderen, das ich je betreten hatte, egal in welchem Land. Doktor Varga hatte ein kleines Zimmer, in dem er uns empfing. Er sah ernst aus, hatte aber den Appeal eines George Clooney. Als ich fünf oder sechs war, durfte ich mit meinen Eltern manchmal *Schlag den Raab* gucken. Da traten auch vorrangig Ärzte an, um einen Koffer mit Geld zu gewinnen. Sie spielten immer irgendwelche Mannschaftssportarten, fuhren Rad, hatten einen großen Freundeskreis und waren überzeugt, dass sie den Raab schlagen würden. Von der Sorte war auch Dr. Varga.

Er wirkte nicht überrascht, dass wir zu viert erschienen waren, und erfreut, als Verena ihn in seiner Muttersprache begrüßte. Sie erfuhr von ihm, dass Katta mit einem gebrochenen Schlüsselbein und einer angeknacksten Rippe großes Glück gehabt hatte. Das Auto war von links von einem LKW erfasst worden. Den genauen Unfallhergang kannte der Arzt nicht. Ihm oblag allein das Schicksal der Opfer. Und das war in Kattas Fall großes Glück. Nicht so für den Fahrer.

»Reinhold ist tot«, übersetzte Verena.

19

Reinhold war tot. Einfach so. Ein Mensch weniger. Ein Freund. Einer von zwei. Er war in seinem Auto gestorben, so wie er es sich immer gewünscht hatte. Also nicht ganz genau so, doch wenigstens in der lila Bestie. Tot. Das wollte nicht in meinen Kopf. Es war ungerecht. Unverdient. Unmöglich. Dass alte Menschen sterben war normal. Oder kranke. Aber nicht Reinhold. Ich sah ihn vor mir. Wie er am McD vorfuhr. Wie er Pädo-Peter die Gabel in die Schulter rammte. Und wie er mir zugrinste, als er mit Katta im Getümmel verschwand. Er durfte nicht tot sein.

Nessie und Leo standen mit uns vor Vargas Büro, was mich sehr irritierte. Das Gespräch mit dem Arzt hatte nicht in ihre Happinessbubble gepasst, in der Unfälle sonst offenbar nicht vorkamen. In der jeder – wie Katta – unsterblich war. Es war den beiden unmöglich, ihr Mitgefühl auszudrücken oder uns irgendwie Trost zu spenden. Stattdessen spürte ich, dass sie unbedingt zu ihrer Freundin wollten, und wir sie gerade davon abhielten.

»Hast du ihn gefragt, ob wir Reinhold identifizieren sollen?«, wollte ich von Verena wissen. Ich hatte das mal in einem Krimi gesehen und konnte mir gut vorstellen, dass so eine Identifizierung bei jedem Toten durchgeführt wurde.

»Wozu? Ist doch klar, dass er am Steuer gesessen hat.«

»Ja, aber um sicher zu sein.«

»Das willst du nicht sehen. Echt nicht.«

Sie hatte natürlich recht mit allem, was sie sagte. Wahrscheinlich, weil sie bereits Erfahrung im Umgang mit dem Tod hatte. Für mich war das komplettes Neuland.

»Wollt ihr nicht schon mal zu Katta?«, fragte ich Nessie. »Die wird sich freuen, wenn jemand bei ihr ist.«

»Ist das denn okay?«

»Würde er es sonst vorschlagen?« Verena war sichtlich genervt. »Das Zimmer ist da runter und dann rechts. Nummer sieben.«

»Danke, Bro«, sagte Leo. »Kommt ihr dann nach?«

»Mal schauen.«

Sie gingen und mit ihnen die Hemmungen, meinen Gefühlen freien Lauf zu lassen. Ich japste nach Luft, wollte mich Verena mitteilen, fand jedoch keine Worte, nur Tränen und Schluchzen. Ich blickte zu ihr und sah sofort, dass auch sie den Schockzustand verlassen hatte und weinte. Wir nahmen uns in die Arme, hielten einander fest, schnieften und heulten stumm.

Gut möglich, dass wir nur eine Minute so dastanden, könnte aber auch eine Viertelstunde gewesen sein. Am Ende löste sich Verena und sah mich an. Es war ein sanfter, schüchterner Blick, verunsichert und zugleich voller Sorge. Ihr war bewusst, dass ich Reinhold sehr viel nähergestanden hatte als sie.

»Willst du auch zu ihr?«, fragte sie schließlich.

Ich schüttelte den Kopf. Ich hatte keine Lust, Katta zu sehen. Vermutlich war es unfair, aber ich fand schon, dass sie zumindest eine Teilschuld an Reinholds Tod hatte. Ohne sie wäre er mit uns nachhause gefahren. Und was der heutige Tag gebracht hätte, konnte niemand wissen. Das redete ich mir wenigstens ein. Ich hatte keinen blassen Schimmer, ob er sich tatsächlich mit uns aus der Welt verabschieden wollte. Ich konnte nicht mal sicher sagen, ob Verena es noch vorhatte. Und meine eigene Haltung dazu war so stabil wie meine Stimme mit zwölf.

»Lass uns einfach verschwinden.«

Wir verließen das Krankenhaus und gingen ziel- und planlos durch die Straßen. Ich schlug vor, den Bahnhof zu suchen, um irgendwie zurück zum Haus zu kommen, und Verena fragte eine Passantin nach dem Weg. Diese empfahl uns allerdings, einfach den Bus zu nehmen. Das Terminal sei mit der U-Bahn oder auch zu Fuß gut zu erreichen, direkt neben dem Fußballstadion, einfach die Hauptstraße runter. Verena bedankte sich und nahm meine Hand.

Besonders weit kamen wir nicht, denn am Straßenrand parkte ein Fahrzeug, das mir bekannt vorkam. Es war affenschissbraun und hatte verblassende Blumenaufkleber am Heck. Es war Lajos' fahrbarer Schrotthaufen, was Verena ungläubig bestätigte. Sie ging zur Fahrerseite und probierte die Tür. War nicht verriegelt. Und der Zündschlüssel steckte. Verenas Geschichte vom heldenhaften kleinen Glücks-Skodas war Realität geworden.

»Steig ein!«, rief sie mir zu und kletterte auf den Fahrersitz. Ich öffnete die Beifahrertür und beugte mich ins Fahrzeug.

»Du hast keinen Führerschein.«

»Wir sind in Ungarn. Hier hat niemand einen.«

Ich war sicher, dass sie log.

»Und ich hab im Heim fahren gelernt. Ehrlich. Von Roger. Das war der Depp, der uns auf dem Motorrad verfolgt hat.«

»Fratze?«, fragte ich und erinnerte mich gleichzeitig daran, dass ich ihn nur in meinem Kopf so genannt hatte.

»Nee, Roger. Aber Fratze würde passen. Ich hab ihm mal zwanzig Euro abgezogen.«

Sie grinste in sich hinein, und ich erinnerte mich an mein Gespräch mit ihm. Ich verwarf den Gedanken, ihr zu sagen, dass ich die Story kannte.

»Und wohin fahren wir damit? In die Walachei?«

Verena blickte mich fragend an. Ich murmelte ein »Egal« in ihre Richtung und stieg ein.

Die dunkelroten Stoffsitze waren sogar bequem. Der Rest des Interieurs beeindruckend simpel. Ein uraltes Radio mit Kassettenfach, nur zwei Knöpfe in der Mitte, deren Funktion nicht erkennbar war, daneben ein Handschuhfach. Den Boden hatte Lajos mit demselben PVC-Parkettimitat ausstaffiert, das auch in unserem Schlafzimmer als Bodenbelag diente. Wenn er die Rostlaube damit optisch aufwerten wollte, war er gescheitert. Der Motor sprang sofort an und heulte auf wie ein größenwahnsinniger Rasenmäher. Im Tank war noch Benzin. Ich wollte mich anschnallen, griff aber ins Leere, denn es gab keine Gurte.

»Chill, die Möhre schafft eh nicht mehr als siebzig. Bergab. Mit Rückenwind.«

Ich hätte siebzig Einwände bringen können. Doch ich hatte mich bei Reinhold nicht beschwert. Warum also nicht auch Verena vertrauen? Sie setzte vorschriftsmäßig den Blinker, legte den Gang ein und fuhr los.

Es dauerte nicht mal zehn Minuten im Budapester Verkehr, um zu vergessen, dass Verena keine Fahrerlaubnis hatte. Souverän steuerte sie uns durch die Straßen, fluchte wie ein sechzigjähriger Taxifahrer und erklärte mir sogar, dass sie mit Zwischengas schalten musste, was mir nichts sagte, aber zusätzlich kompliziert zu sein schien. Als wir allmählich aus der Stadt kamen, hatten wir meiner Meinung nach genug geschwiegen.

»Was die jetzt wohl mit ihm machen?«

»Keine Ahnung. Seine Mutter anrufen und dann irgendwie nach Thüringen bringen.«

»Meinste, die weint?«

Verena schüttelt den Kopf.

»Ich könnte schon wieder.«

»Echt?«

»Schon. Das vorhin war Schockflennen. Jetzt ist es, glaub ich, die Trauer.«

In dem Moment kamen die Tränen. Es war nicht die Erkenntnis, dass er tot war, das Denken daran, was man zusammen erlebt hatte, sondern dass es keine neuen Erinnerungen mit ihm geben würde. Das Kapitel war abgeschlossen. Ich schniefte und schluchzte und steckte Verena an. Ich hatte nicht damit gerechnet, dass sie noch mal weinen würde. Doch auch bei ihr gab es kein Halten mehr. Sie fuhr bei der nächsten Gelegenheit rechts ran, und wir heulten mindestens zehn Minuten lang.

»Ich will zum Hegyestű«, sagte sie dann. »Ich muss spüren, was ich da oben fühle.«

»Find ich gut.«

Fand ich auch.

Wenn mir jemand erzählt hätte, dass sich ganz Ungarn zur Sonnenfinsternis an einem Vulkan treffen würde, hätte ich bei ihm Kopfschuss diagnostiziert. Doch schon einen Kilometer vor dem Parkplatz standen rechts und links geparkte Fahrzeuge. Verena hielt den Skoda an und sah zu mir.

»Wir gehen trotzdem hoch, oder?«

»Klar.«

Sie parkte hinter einem quietschgrünen Skoda Enyaq mit deutschem E-Kennzeichen und ließ beim Aussteigen den Schlüssel stecken. Wir kürzten den Weg zum normalen Parkplatz durch den Wald ab. Ein geschäftstüchtiges Paar hatte dort einen kleinen Stand mit *100% Safe Eclipse Eye Protection Glasses* aufgebaut. Weil ich Geld in der Tasche hatte, kaufte ich uns welche, obwohl für den Preis auch dreimal Abendessen im Nekem a Balaton drin gewesen wäre. Vor dem kleinen Häuschen mit den roten Fensterläden stand ein dicker Mann, der auf einem Grill Kolbász brutzelte und die deutsche Kundschaft mit »Kommen Sie, lecker Wurstel« lockte. Ich wollte ihm helfen und wies ihn darauf hin, dass es »Würstel« hieß, mit Pünktchen über dem U. Da lachte er und erwiderte, dass bei ihm dafür Paprika in der Wurst sei.

»Sei mal nicht so deutsch«, raunte Verena mir auf den ersten Steinstufen zu. »Is doch egal, wie der was schreibt. Außerdem sagt ihm das garantiert jeder fünfte Touri.«

»Ich dachte, dass ich ihm das so erspare.«

»Lass es einfach.«

Es war nicht schwer zu sagen, was sie so aggro machte. Auch ich war angespannt wegen der Meute, die hier herumwuselte. Wir erreichten das Feld unterhalb der Abbruchkante und sahen sofort, dass auf der Spitze des Hegyestű kein Platz mehr für uns war. Auch auf dem kleineren Plateau direkt unter der Kante saßen schon Menschen auf Picknickdecken und Handtüchern. Wir standen da und wussten nicht wohin. Ein Raunen ging durch die Menge. Ich setzte meine Sonnenguckbrille auf und schaute in den Himmel. Tatsächlich war ein kleiner Schatten zu erkennen, der links einen Teil der Sonne abschnitt.

»Es geht los. Lass uns einfach irgendeinen Platz suchen. Ich glaub, sowas erlebt man nur einmal im Leben.«

Verena nickte. Diesmal nahm ich ihre Hand und steuerte sie vorbei an den Menschen die zweite Treppe hoch. Ich hielt nicht mehr an, sondern wollte nach ganz oben. Das Gedränge war furchtbar, doch wenn man wirklich irgendwo hinmuss, spüren das die anderen. Trotz Stolperern und Schubsern, Ellenbogen und Knien, die uns in die Seite gestoßen wurden, standen wir nach einer halben Stunde auf dem Gipfel des Hegyestű. Mit Reinhold hatte das zehn Minuten gedauert. Natürlich waren die meisten auf die Idee gekommen, über den Zaun zu steigen und nahe an der Kante zu sitzen. Als ich jedoch Anstalten machte, ebenfalls auf die andere Seite zu klettern, hielt mich Verena zurück.

»Ich spür's nicht«, sagte sie leise.

Ich bemerkte es auch. Der Sog, der mich gestern noch erfasst hatte, war weg. Vielleicht lag es an den Menschen oder der inneren Unruhe, die blöde Sonnenfinsternis zwischen all den Fremden nicht richtig genießen zu können. Ich denke aber, dass es die Trauer um Reinhold war, der es uns überhaupt ermöglicht hatte, jetzt genau hier zu stehen. Ich legte einen Arm um Verena und versuchte mir vorzustellen, dass Reinhold neben mir stand. Dass er seine Hand auf meine Schulter legen würde, um dann irgendwas Unpassendes zu flüstern. Oder was Passendes über unsere Freundschaft. Ein Teil von mir wollte nochmal weinen, war aber von dem Naturschauspiel vor uns zu ergriffen. Ich setzte die Schutzbrille wieder auf und blickte zur Sonne, die fast vollständig im Schatten des

Mondes lag. Vor uns jubelte eine Gruppe Jugendlicher dem Naturspektakel entgegen.

Das Licht ging aus.

20

Es ist nicht einfach, Leuten Credit zu geben, die man eigentlich scheiße fand. Oder finden wollte. Weil Nessie und Leo sich extrem ins Zeug hängten, um uns auf unaufdringliche Weise Trost zu spenden. Sie kamen kurz nach uns in Badacsonytomaj an. Dr. Varga hatte ihnen gestattet, Katta mitzunehmen. Unter der Bedingung, dass sie morgen von ihren Eltern abgeholt und sich in Deutschland in ärztliche und psychotherapeutische Behandlung begeben würde.

Sie wollte, dass wir zu ihr rüberkamen und uns an ihr Bett setzten, um zu reden. Nessie und Leo kümmerten sich um Abendessen und alkoholfreie Getränke und hielten sich sonst im Hintergrund. Sie spürten, dass wir zu dritt sein sollten. Kattas Schlüsselbein war am frühen Morgen operiert worden, man hatte ihr Schmerzmittel mitgegeben und eine Armschlinge.

»Wir waren noch so zwei Stunden in Siófok und sind dann irgendwo an den See gefahren. Da haben wir uns hingesetzt und gequatscht.«

»Habt ihr …«, ich unterbrach meine bescheuerte Frage.

»Nee. Wollte er nicht. Fanden wir beide zu schnell.« Sie machte eine lange Pause. »Hätten wir mal, dann hätte er das auch erlebt.«

»Ist schon okay so«, meine Verena.

»Er hat mir erzählt, was ihr vorhattet. Alles.«

»Wir kamt ihr da drauf?«

»Er hat die Narben an meinen Handgelenken entdeckt. Das war dann Thema. Ich wusste gar nicht, dass es da sogar Foren im Internet gibt.«

»Gab«, warf ich ein. »Ich werde später an seinen Rechner gehen und das Teil abschalten.«

»Warum? Reinhold war der Meinung, dass es vielen geholfen hat. Also zu sehen, dass sie nicht allein sind.« Sie machte wieder eine Pause. »Und er fand es total cool, dass du immer zur Stelle warst und den anderen Nachrichten geschrieben hast, wenn's drauf ankam.«

Verena sah mich an und lächelte.

»Deine Nachrichten haben mich auch gerettet. Mehr als einmal.«

Das verstand ich zwar nicht, weil ich ihr nie irgendwelche Psychosachen geschrieben hatte. Wahrscheinlich war's einfach nur das Wissen, dass da jemand ist, der sich sorgt. Oder einer, der zwar halbwegs normale Eltern hat, aber trotzdem den Sinn im Leben nicht findet, einen übertrieben negativen Dialog mit sich selbst führt und sich auch nur mit Ach und Krach durch den Alltag schleppt. Aber dennoch immer ein offenes Ohr für sie hat. Ein verdammter Freund halt.

»Dann war sein Plan, dass wir uns hier verlieben und den ganzen Selbstmordscheiß abhaken?«, folgerte Verena, Katta nickte.

»Und er selbst?«

»Hat er nicht gesagt.«

Wir spekulierten noch, was wohl jetzt aus ihm oder seiner Seele geworden war. Ob er in einem neuen Körper ein besseres Los in der Lotterie des Lebens gezogen haben mochte. Oder ein Teil des großen Ganzen geworden war. Katta gab zu bedenken, dass der Körper und die Kohlenstoffwelt sowieso nur in unserer Vorstellung existierten. Das wurde Verena und mir dann zu eso. Einig waren wir uns allerdings, dass er nicht auf einer Wolke saß und zu uns runterguckte. Dieses Bild fanden wir total lächerlich. Und selbst wenn, würde Reinhold auf der Wolke mit Vollgas durch den Himmel pesen, Loopings drehen und jeden fragen, wo er seinen Untersatz lila-metallic färben lassen könnte.

Am nächsten Tag packte ich meine Tasche. Verena hatte neben mir geschlafen. Wir waren wohl sowas wie Geschwister geworden. Bruder und Schwester im Geiste. In einer Stunde würden wir mit Leo und Nessie in ihrem E-Bus zurück nach Deutschland surren. Ich wollte meinen Eltern vorschlagen, Verena in unsere Familie aufzunehmen. Doch das hatte sie abgelehnt, weil sie zum einen meine Mama nicht finanziell belasten wollte. Zum anderen hatte Verena keine Lust, sich mit einem Typen wie meinem Vater herumzuschlagen.

In eineinhalb Jahren würden wir beide volljährig werden. Dann wollte sie das Heim verlassen, in Frankfurt eine Ausbildung machen und mit mir eine WG gründen. Die Vorstellung gefiel mir. Vor allem aber, dass Reinholds Mission funktioniert hatte. Er war unser Retter, ich hingegen ein planloser Mitläufer, der am Ende vermutlich wie ein Lemming mit den anderen gesprungen wäre. Das ärgerte mich im Nachhinein. Aber Selbsterkenntnis war ja der erste Schritt zu einem stabileren Ego.

Zum Glück gab es nun Verena, der ich mich anvertrauen konnte. Der ich mich öffnete. Die mir zuhörte und überzeugt war, dass ich nicht gesprungen wäre. Und die schon immer gewusst hatte, dass ich niemals springen würde.

Trotzdem bebte in mir noch immer nach, was ich mit Reinhold auf dem Hegyestű gespürt hatte. Die Angst und der Respekt vor diesem Gefühl werden mich mein ganzes Leben begleiten.

Nachwort

Der Grund, warum ich diesen Roman schreiben wollte, liegt in meiner eigenen Geschichte. Ich selbst habe in meiner Jugend einen Moment erlebt, in dem ich mit dem Tod geflirtet habe. Ich stand auf einer hohen Klippe in der Türkei, vor mir ging es sicher hundert Meter in die Tiefe – und ich verspürte das, was ich in der Geschichte als Hegyestű-Impuls beschrieben habe. Dabei wohnte ich in einem guten, finanziell sicheren Elternhaus. Meine Familie war einigermaßen intakt. Natürlich gab es immer wieder mal Streit, und wir gingen manchmal schroff miteinander um. Ebenso einfach fiel es uns, Konflikte hinter uns zu lassen. Dass ich einige nur verdrängt habe, die mein Verhalten bis heute prägen, ist eine andere Geschichte. Ich hatte Freunde, war in der ganzen Schule bekannt und bei vielen beliebt. Dennoch ging es mir nicht immer so gut, wie ich es nach Außen wirken ließ. Es gab immer wieder Phasen, in denen ich der traurige Klassenclown war.

Die kurze Todessehnsucht in der Türkei habe ich nie vergessen, denn ich habe sie, ganz ehrlich, niemals richtig verstanden. Ich weiß nur, dass sie mich packte und für eine Weile begleitete. Rückblickend erschreckt mich meine damalige Indifferenz gegenüber dem Tod. Darüber gesprochen habe ich in jener Zeit mit niemandem, denn die Gedanken daran erfüllten mich mit Scham. Zudem konnte ich sie genauso wenig begründen wie begreifen. Zum Glück verließen sie mich wieder. Geblieben ist nur eine Angst vor steilen Bergwänden.

Einige Jahre später wurde ich von dem Thema eingeholt, als sich einer meiner Mitschüler im Internat in den Ferien das Leben nahm. Niemand hatte damit gerechnet, der Schock saß bei uns allen tief.

Seitdem habe ich in meiner unmittelbaren Nähe mehrere Selbsttötungen aus verschiedenen Gründen erlebt. Ich habe mit Hinterbliebenen gesprochen, getrauert und versucht, zu trösten. Doch einen Suizid verarbeiten nur die wenigsten – er begleitet und schmerzt die Familie und Freunde ein Leben lang. Dabei kann gefährdeten Menschen in vielen Fällen geholfen werden. Deswegen möchte ich einen Appell an alle LeserInnen dieses Buchs senden: Sprecht über das Thema. Und lasst euch helfen, wenn Ihr dunkle Gedanken habt.

Ich danke allen, die es mir möglich gemacht haben, aus einer fast zwanzig Jahre alten Idee endlich einen Roman zu machen: Meinem »Bruder Clausewitz« Max Witzigmann; Anna Jung, Leif Greinus und Ilka Winkler vom Verlag Voland & Quist; Andreas Pflüger für seinen Zuspruch; meiner Lektorin Barbara Häusler für den letzten Schliff; und natürlich meiner Frau Caren für die Unterstützung.

Dieses Buch behandelt das Thema Suizid und suizidale Gedanken. Leider wird beides in der Öffentlichkeit tabuisiert und damit stigmatisiert. Selbstzerstörerische Krisen entstehen meist aus tiefster Verzweiflung – sei es aufgrund von Einsamkeit, psychischen Erkrankungen, traumatischen Erfahrungen, Mobbing oder anderen Belastungen. Wenn sich jemand in einer scheinbar ausweglosen Situation befindet, ist es wichtig, darüber zu sprechen. Es gibt Hilfsangebote, die einen in solchen Momenten auffangen und unterstützen können. Jedes Leben ist kostbar.

Telefon: 116123

hier QR-Codes für:

Deutsche Telefonseelsorge

Internationale Telefonseelsorge